L'INGÉNUE LIBERTINE

COLETTE

ALICIA ÉDITIONS

PRÉFACE

Je ne voulais, lorsque j'écrivis Minne, qu'écrire une nouvelle, avec l'espoir que je la signerais de mon nom. Il fallait donc, pour détourner d'elle une convoitise qui s'adressait d'habitude aux dimensions du roman, que ma nouvelle fût assez brève. Elle le fut : pas longtemps. Son succès la perdit : j'entendis d'une bouche conjugale des paroles de louange, et d'autres paroles aussi qui furent trop insistantes pour que je leur donne une place dans cet Avertissement. Il me fallut délayer Minne quelque peu.

Que ceux qui n'ont jamais désiré la paix comme le plus grand des biens me jettent la première pierre : je dus écrire encore Les Égarements de Minne, que je ne pus jamais considérer comme un bon roman.

Fut-il meilleur lorsque, redevenu plus tard ma propriété, abrégé, soulagé, je le soudai à Minne pour constituer un seul volume sous le titre : L'Ingénue libertine ? Je voudrais bien le croire, mais je crains que cette édition définitive elle-même ne parvienne pas à m'en donner la certitude, ni à me réconcilier complètement avec les premiers aspects de ma carrière de romancière.

Colette

PREMIÈRE PARTIE

« Minne ?... Minne chérie, c'est fini, cette rédaction ! Minne, tu vas abîmer tes yeux ! »

Minne murmure d'impatience. Elle a déjà répondu trois fois : « Oui, maman » à Maman qui brode derrière le dossier de la grande bergère...

Minne mordille son porte-plume d'ivoire, si penchée sur son cahier qu'on voit seulement l'argent de ses cheveux blonds, et un bout de nez fin entre deux boucles pendantes.

Le feu parle tout bas, la lampe à huile compte goutte à goutte les secondes, Maman soupire. Sur la toile cirée de sa broderie — un grand col pour Minne — l'aiguille, à chaque point, toque du bec. Dehors, les platanes du boulevard Berthier ruissellent de pluie, et les tramways du boulevard extérieur grincent musicalement sur leurs rails.

Maman coupe le fil de sa broderie... Au tintement des petits ciseaux, le nez fin de Minne se lève, les cheveux d'argent s'écartent, deux beaux yeux foncés apparaissent, guetteurs... Ce n'est qu'une fausse alerte ; Maman enfile paisiblement une autre aiguillée, et Minne peut se pencher de nouveau sur le journal ouvert, à demi dissimulé sous son cahier de devoirs d'Histoire... Elle lit lentement, soigneusement, la rubrique *Paris la nuit* :

« Nos édiles se doutent-ils seulement que certains quartiers de Paris, notamment les boulevards extérieurs, sont aussi dangereux, pour le promeneur qui s'y aventure, que la Prairie l'est pour le voyageur blanc ? Nos modernes apaches y donnent carrière à leur naturelle sauvagerie, il ne se passe pas de nuit sans qu'on ramasse un ou plusieurs cadavres.

« Remercions le Ciel — il vaut mieux s'en remettre à lui qu'à la police — quand ces messieurs se bornent à se dévorer entre eux, comme cette nuit, où deux bandes rivales se rencontrèrent et se massacrèrent littéralement. La cause du conflit ? "Cherchez la femme !" Celle-ci, une fille Desfontaines, dite Casque-de-Cuivre à cause de ses magnifiques cheveux roux, allume toutes les convoitises d'une douteuse population masculine. Inscrite aux registres de la préfecture depuis un an, cette créature, qui compte à peine seize printemps, est connue sur la place pour son charme équivoque et son caractère audacieux. Elle boxe, lutte, et joue du revolver à l'occasion. Bazille, dit La Teigne, le chef de la bande des Frères de Belleville, et Le Frisé, chef des Aristos de Levallois-Perret, un souteneur dangereux dont on ignore le véritable nom, se disputaient cette nuit les faveurs de Casque-de-Cuivre. Des menaces on en vint aux couteaux. Sidney, dit la Vipère, déserteur belge, grièvement blessé, appela Le Frisé à son aide, les acolytes de la Teigne sortirent leurs revolvers, et alors commença une véritable boucherie. Les agents, arrivés après le combat, selon leur immuable tradition, ont ramassé cinq individus laissés pour morts ; Defrémont et Busenel, Jules Bouquet, dit Bel-œil, et Blaquy, dit la Boule, ont été transportés d'urgence à l'hôpital, ainsi que le sujet de Léopold, Sidney la Vipère.

« Quant aux chefs de bandes et à la Colombine, cause première du duel, on n'a pu mettre la main dessus. Ils sont activement recherchés. »

Maman roue sa broderie. Vite, le journal disparaît sous le cahier, où Minne griffonne, au petit bonheur :

« Par ce traité, la France perdait deux de ses meilleures provinces. Mais elle devait quelque temps après en signer un autre beaucoup plus avantageux. »

Un point... un trait d'encre à la règle au bas du devoir d'Histoire... le papier buvard qu'elle lisse de sa main longue et transparente — et Minne, victorieuse, s'écrie :

–Fini !

— Ce n'est pas trop tôt ! dit Maman soulagée, va vite au lit, ma souris blanche ! Tu as été longue, ce soir. C'était donc bien difficile, ce devoir ?

— Non, répond Minne qui se lève. Mais j'ai un peu mal à la tête.

Comme elle est grande ! Aussi grande que Maman, presque. Une très longue petite fille, une enfant de dix ans qu'on aurait tirée, tirée... Étroite et plate dans son fourreau de velours vert empire, Minne s'allonge encore, les bras en l'air. Elle passe ses mains sur son front, rejette en arrière ses cheveux pâles. Maman s'inquiète :

— Bobo ? Une compresse ?

— Non, dit Minne. Ce n'est pas la peine. Ce sera parti demain.

Elle sourit à Maman, de ses yeux marron foncé, de sa bouche mobile dont les coins nerveux remuent. Elle a la peau si claire, les cheveux si fins aux racines, qu'on ne voit pas où finissent les tempes. Maman regarde de près cette petite figure qu'elle connaît veine par veine, et se tourmente, une fois de plus, de tant de fragilité. « On ne lui donnerait jamais ses quatorze ans huit mois... »

— Viens, Minne chérie, que je roule tes boucles !

Elle montre un petit fagot de rubans blancs.

— Oh ! S'il te plaît, non, maman. À cause de mon mal de tête, pas ce soir !

— Tu as raison, mon joli. Veux-tu que je t'accompagne jusqu'à ta chambre ? As-tu besoin de moi ?

— Non, merci, maman. Je vais me coucher vite.

Minne prend l'une des deux lampes à huile, embrasse Maman et monte l'escalier, sans peur des coins noirs, ni de l'ombre de la rampe qui grandit et tourne devant elle, ni de la dix-huitième marche qui crie lugubrement. À quatorze ans et huit mois, on ne croit plus aux fantômes...

« Cinq ! Songe Minne. Les agents en ont ramassé cinq, laissés pour morts. Et le Belge aussi qui a reçu un mauvais coup ! Mais elle, Casque-de-Cuivre, on ne l'a pas prise, ni les deux chefs, Dieu merci !... »

En jupon de nanzouk blanc, en corset-brassière de coutil blanc, Minne se regarde dans la glace :

« Casque-de-Cuivre ! Des cheveux rouges, c'est beau ! Les miens sont trop pâles... Je sais comment elles se coiffent... »

À deux mains, elle relève ses cheveux de soie, les roule et les épingles en coque hardie, très haut, presque sur le front. Dans un placard elle prend son tablier rose du matin, celui qui a des poches en forme de cœur. Puis elle interroge la glace, le menton levé... Non, l'ensemble reste fade. Qu'est-ce qui manque donc ? Un ruban rouge dans les cheveux. Là ! Un autre au cou, noué de côté. Et, les mains dans les poches du tablier, ses coudes maigriots en dehors, Minne, charmante et gauche, se sourit et constate :

« Je suis sinistre. »

Minne ne s'endort jamais tout de suite. Elle entend, au-dessous d'elle, Maman fermer le piano, tirer les rideaux qui grincent sur leurs tringles, entrouvrir la porte de la cuisine pour s'assurer qu'aucune odeur de gaz ne filtre par les robinets du fourneau, puis monter à pas lents, tout empêtrée de sa lampe, de sa corbeille à ouvrage et de sa jupe longue.

Devant la chambre de Minne, Maman s'arrête une minute, écoute... Enfin, la dernière porte se ferme, on ne perçoit plus que les bruits étouffés derrière la cloison.

Minne est étendue toute raide dans son lit, la nuque renversée, et sent ses yeux s'agrandir dans l'ombre. Elle n'a pas peur. Elle épie tous les bruits comme une petite bête nocturne, et gratte seulement le drap avec les ongles de ses orteils.

Sur le rebord en zinc de la fenêtre, une goutte de pluie tombe de seconde en seconde, lourde et régulière comme le pas du sergent de ville qui arpente le trottoir.

« Il m'agace, ce sergent de ville ! songe Minne. À quoi ça peut-il servir, des gens qui marchent si gros ? Les… les Frères de Belleville, et les Aristos… on ne les entend pas, eux, ils marchent comme des chats. Ils ont des souliers de tennis, ou bien des pantoufles brodées au point croisé… Comme il pleut ! Je pense bien qu'ils ne sont pas dehors à cette heure-ci ! Pourtant, La Teigne et l'autre, le chef des Frères, Le Frisé, où sont-ils ? Enfuis, cachés dans… dans des carrières. Je ne sais pas s'il y a des carrières par ici… Oh ! ce gros pas ! Pouf ! pouf, pouf pouf… Et s'il y en avait un, tout d'un coup, qui vienne par-derrière et qui lui enfonce un couteau dans sa vilaine nuque, au sergent de ville ! Devant la porte, juste pendant qu'il passe !… Ah ! ah ! j'entends Célénie demain matin : « Madame, madame ! il y a un agent de tué devant la porte ! » C'est pour le coup qu'elle se trouverait mal !… »

Et Minne, blottie dans son lit blanc, ses cheveux de soie balayés d'un côté et découvrant une oreille menue, s'endort avec un petit sourire.

Minne dort et Maman songe. Cette petite fille si mince, qui repose à côté d'elle, remplit et borne l'avenir de Madame... qu'importe son nom ? elle s'appelle Maman, cette jeune veuve craintive et casanière. Maman a cru souffrir beaucoup, il y a dix ans, lors de la mort soudaine de son mari ; puis ce grand chagrin a pâli dans l'ombre dorée des cheveux de Minne fragile et nerveuse, les repas de Minne, les cours de Minne, les robes de Minne... Maman n'a pas trop de temps pour y penser, avec une joie et une inquiétude qui ne se blasent ni l'une ni l'autre.

Pourtant, Maman n'a que trente-trois ans, et il arrive qu'on remarque dans la rue sa beauté sage, éteinte sous des robes d'institutrice. Maman n'en sait rien. Elle sourit, quand les hommages vont aux surprenants cheveux de Minne, ou rougit violemment, lorsqu'un vaurien apostrophe sa fille, il n'y a guère d'autres événements dans sa vie occupée de mère-fourmi. Donner un beau-père Minne ? vous n'y pensez pas. Non, non, elles vivront toutes seules dans le petit hôtel du boulevard Berthier qu'a laissé papa à sa femme et sa fille, toutes seules... jusqu'à l'époque, confuse et terrible comme un cauchemar, où Minne s'en ira avec un monsieur de son choix...

L'oncle Paul, le médecin, est là pour veiller de temps en temps sur elles deux, pour soigner Minne en cas de maladie et empêcher Maman de perdre la tête ; le cousin Antoine amuse Minne pendant les vacances. Minne suit les cours des demoiselles Souhait pour s'y distraire, y rencontrer des jeunes filles bien élevées et, mon Dieu, s'y instruire à l'occasion... « Tout cela est bien arrangé », se dit Maman qui redoute l'imprévu. Et si l'on pouvait aller ainsi jusqu'à la fin de la vie, serrées l'une contre l'autre dans un tiède et étroit bonheur, comme la mort serait vite franchie, sans péché et sans peine !...

— Minne chérie, c'est sept heures et demie.

Maman a dit cela à mi-voix, comme pour s'excuser.

Dans l'ombre blanche du lit, un bras mince se lève, ferme son poing et retombe.

Puis la voix de Minne faible et légère demande :

— Il pleut encore ?

Maman replie les persiennes de fer. Le murmure des sycomores entre par la fenêtre, avec un rayon de jour vert et vif, un souffle frais qui sent l'air et l'asphalte.

— Un temps superbe !

Minne, assise sur son lit, fourrage les soies emmêlées de sa chevelure. Parmi la clarté des cheveux, la pâleur rose de son teint, la noire et liquide lumière de ses yeux étonne. Beaux yeux, grands ouverts et sombres, où tout pénètre et se noie, sous l'arc élégant des sourcils mélancoliques... La bouche mobile sourit, tandis qu'ils restent graves... Maman se souvient, en les regardant, de Minne toute petite, d'un bébé délicat tout blanc, la peau, la robe, le duvet de la chevelure, un poussin argenté qui ouvrait des yeux étonnants, des yeux sévères, tenaces, noirs comme l'eau ronde d'un puits...

Pour l'instant, Minne regarde remuer les feuilles d'un air vide. Elle ouvre et resserre les doigts de ses pieds, comme font les hannetons avec leurs antennes... La nuit n'est pas encore sortie d'elle. Elle vagabonde à la suite de ses rêves, sans entendre Maman qui tourne par la chambre, Maman tendre et toute fraîche en peignoir bleu, les cheveux nattés...

— Tes bottines jaunes, et puis ta petite jupe bleu marine et une chemisette... une chemisette comment ?

Enfin réveillée, Minne soupire et détend son regard :

— Bleue, maman, ou blanche, comme tu voudras.

Comme si d'avoir parlé lui déliait les membres, Minne saute sur le tapis, se penche à la fenêtre : il n'y a pas de sergent de ville étendu en travers du trottoir, un couteau dans la nuque...

« Ce sera pour une autre fois », se dit Minne, un peu déçue.

L'arôme vanillé du chocolat s'est glissé dans la chambre et stimule sa toilette minutieuse de petite femme soignée ; elle sourit aux fleurs roses des tentures. Des roses partout sur les murs, sur le velours anglais des fauteuils, sur le tapis à fond crème, et jusqu'au fond de cette cuvette longue, montée sur quatre pieds laqués en blanc... Maman a voulu superstitieusement des roses, des roses autour de Minne, autour du sommeil de Minne...

— J'ai faim ! dit Minne qui, devant la glace, noue sa cravate sur son col blanc luisant d'empois.

Quel bonheur ! Minne a faim ! voilà Maman contente pour la journée. Elle admire sa grande fille, si longue et si peu femme encore, le torse enfantin dans la chemisette à plis, les épaules frêles où roulent les beaux cheveux en copeaux brillants...

— Descendons, ton chocolat t'attend.

Minne prend son chapeau des mains de Maman et dégringole l'escalier, leste comme une chèvre blanche. Elle court, pleine de l'heureuse ingratitude qui embellit les enfants gâtés, et flaire son mouchoir où Maman a versé deux gouttes de verveine citronnelle...

𝓛e cours des demoiselles Souhait n'est pas un cours pour rire. Demandez à toutes les mères qui y conduisent leurs filles ; elles vous répondront : « C'est ce qu'il y a de mieux fréquenté dans Paris ! » Et on vous citera coup sur coup les noms de mademoiselle X…, des petites Z…, de la fille unique du banquier H… On vous parlera des salles bien aérées, du chauffage à la vapeur, des voitures de maître qui stationnent devant la porte, et il est à peu près sans exemple qu'une maman, séduite par ce luxe hygiénique, éblouie par des noms connus et fastueux, s'aventure jusqu'à éplucher le programme d'études.

Tous les matins, Minne, accompagnée tantôt de Maman, tantôt de Célénie, suit les fortifications jusqu'au boulevard Malesherbes où le cours Souhait tient ses assises. Bien gantée, une serviette de maroquin sous le bras, droite et sérieuse, elle salue d'un regard l'avenue Gourgaud verte et provinciale, d'une caresse les chiens et les enfants du peintre Thaulow qui vagabondent en maîtres sur l'avenue déserte.

Minne connaît et envie ces enfants blonds et libres, ces petits pirates du Nord qui parlent entre eux un norvégien guttural… « Tout seuls, sans bonne, le long des fortifications !… Mais ils sont trop jeunes, ils ne savent que jouer… Ils ne s'intéressent pas aux choses intéressantes… »

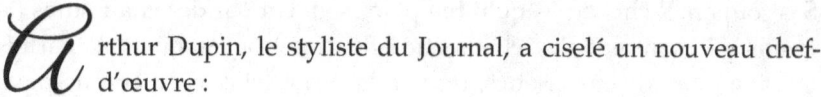rthur Dupin, le styliste du Journal, a ciselé un nouveau chef-d'œuvre :

ENCORE NOS APACHES ! — CAPTURE IMPORTANTE.
LE FRISÉ INTROUVABLE.

« Nos lecteurs ont encore présent à l'esprit le récit lugubre et véridique de la nuit de mardi à mercredi. La police n'est pas restée inactive depuis ce temps, et vingt-quatre heures ne s'étaient pas écoulées que l'inspecteur Joyeux mettait la main sur Vandermeer, dit L'Andouille, qui, dénoncé par un des blessés transportés à l'hôpital, se faisait pincer dans un garni de la rue de Norvins. De Casque-de-Cuivre, point de nouvelles. Il semblerait même que ses amis les plus intimes ignorent sa retraite, et l'on nous fait savoir que l'anarchie règne parmi ce peuple privé de sa reine. Jusqu'à présent, Le Frisé a réussi à échapper aux recherches. »

Minne, avant d'entrer dans son lit blanc, vient de relire le Journal avant de le jeter dans sa corbeille à papiers. Elle tarde à s'endormir, s'agite et songe :

« *Elle* est cachée, elle, leur reine ! Probablement aussi dans une carrière. Les agents ne savent pas chercher. *Elle* a des amis fidèles, qui lui apportent de la viande froide et des œufs durs, la nuit... Si on découvre sa cachette, elle aura toujours le temps de tuer plusieurs personnes de la police avant qu'on la prenne... Mais, voilà, son peuple se mutine ! Et les Aristos de Levallois vont se disperser aussi, privés du Frisé... Ils auraient dû élire une vice-reine, pour gouverner en l'absence de Casque-de-Cuivre... »

Pour Minne, tout cela est monstrueux et simple à la manière d'un roman d'autrefois. Elle sait, à n'en point douter, que la bordure pelée des fortifications est une terre étrange, où grouille un peuple dangereux et attrayant de sauvages, une race très différente de la nôtre, aisément reconnaissable aux insignes qu'elle arbore : la casquette de cycliste, le jersey noir rayé de vives nuances, qui colle à la peau comme un tatouage bariolé. La race produit deux types distincts :

1° Le Trapu, qui balance en marchant des mains épaisses comme des biftecks crus, et dont les cheveux, bas plantés sur le front, semblent peser sur les sourcils ;

2° Le Svelte. Celui-là marche indolemment, sans le moindre bruit.

Ses souliers Richelieu — qu'il remplace souvent par des chaussures de tennis — montrent des chaussettes fleuries trouées ou non. Parfois aussi, au lieu de chaussettes, on voit la peau délicate du cou-de-pied, nu, d'un blanc douteux, veiné de bleu... Des cheveux souples descendent sur la joue bien rasée, en manière d'accroche-cœurs, et la pâleur du teint fait valoir le rouge fiévreux des lèvres.

D'après la classification de Minne, cet individu-là incarne le type noble de la race mystérieuse. Le Trapu chante volontiers, promène à ses bras des jeunes filles en cheveux, gaies comme lui. Le Svelte glisse ses mains dans les poches d'un pantalon ample, et fume, les yeux mi-clos, tandis qu'à son côté une inférieure et furieuse créature crie, pleure, et reproche... « Elle l'ennuie, invente Minne, d'un tas de petits soucis domestiques. Lui, il ne l'écoute même pas, il rêve, il suit la fumée de sa cigarette d'Orient... »

Car les songeries de Minne ignorent le caporal vulgaire, et pour elle il n'est de cigarettes qu'orientales...

Minne admire combien, pendant le jour, les mœurs de la race singulière restent patriarcales. Lorsqu'elle revient de son cours, vers midi, elle « les » aperçoit, nombreux, au flanc du talus où leurs corps étendus pendent, assoupis. Les femelles de la tribu, accroupies sur leurs talons, ravaudent et se taisent, ou lunchent comme à la campagne, des papiers gras sur leurs genoux. Les mâles, forts et beaux, dorment. Quelques-uns de ceux qui veillent ont jeté leurs vestes, et des luttes amicales entretiennent la souplesse de leurs muscles...

Minne les compare aux chats qui, le jour, dorment, lustrent leur robe, aiguisent leurs griffes courbes au bois des parquets. La quiétude des chats ressemble à une attente. La nuit venue, ce sont des démons hurleurs, sanguinaires, et leurs cris d'enfants étranglés parviennent jusqu'à Minne pour troubler son sommeil.

La race mystérieuse ne crie point la nuit ; elle siffle. Des coups de sifflets vrillants, terribles, jalonnent le boulevard extérieur, portent de poste en poste une téléphonie incompréhensible. Minne, à les entendre, frémit des cheveux aux orteils, comme traversée d'une aiguille...

« Ils ont sifflé deux fois... une espèce de *ui-ui-ui* tremblé a répondu, loin, là-bas... Est-ce que ça veut dire : *Sauvez-vous* ? ou bien : *Le coup est fait* ? Peut-être qu'ils ont fini, qu'ils ont tué la vieille dame ? La vieille dame est maintenant au pied de son lit, par terre, dans "une mare de sang". Ils vont compter l'or et les billets, s'enivrer avec du vin rouge et dormir. Demain, sur le talus, ils raconteront la vieille dame à leurs camarades, et ils partageront le butin...

« Mais, hélas ! leur reine est absente, et l'anarchie règne le Journal l'a dit ! Être leur Reine avec un ruban rouge et un revolver, comprendre le langage sifflé, caresser les cheveux du Frisé et indiquer les coups à faire... La reine Minne... la reine Minne !... Pourquoi pas ? on dit bien la reine Wilhelmine... »

Minne dort déjà et divague encore...

Aujourd'hui, dimanche, comme tous les dimanches, l'oncle Paul est venu déjeuner chez Maman, avec son fils Antoine.

Ça sent la fête de famille et la dînette, il y a un bouquet de roses au milieu de la table, une tarte aux fraises sur le dressoir. Ce parfum de fruits et de roses entraîne la conversation vers les vacances prochaines ; Maman songe au verger où jouera Minne, dans le bon soleil ; son frère Paul, tout jaune de mal au foie, espère que le changement d'air dépaysera ses coliques hépatiques. Il sourit à Maman qu'il traite toujours en petite sœur ; sa figure longue et creusée semble sculptée dans un buis plein de nœuds. Maman lui parle avec déférence, penche pour l'approuver son cou serré dans le haut col blanc. Elle porte une robe triste en voile gris, qui accentue son allure de jeune femme habillée en grand-mère Elle a gardé un puéril respect pour ce frère hypocondriaque, qui a voyagé sur l'autre face du monde, qui a soigné des nègres et des Chinois, qui a rapporté de là-bas un foie congestionné dont la bile verdit son visage, et des fièvres d'une espèce rare... Antoine reprendrait bien du jambon et de la salade, mais il n'ose pas. Il craint le petit sifflement désapprobateur de son père et l'observation inévitable « Mon garçon, si tu crois que c'est en te bourrant de salaisons que tu feras passer tes boutons... » Antoine s'abstient, et considère Minne en dessous. De trois ans plus âgé qu'elle, il s'intimide pourtant dès que les yeux noirs de Minne se posent sur lui : il sent ses boutons rougir, ses oreilles s'enflammer, et boit de grands verres d'eau.

Dix-sept ans, c'est un âge bien difficile pour un garçon, et Antoine subit douloureusement son ingrate adolescence. L'uniforme noir à petits boutons d'or lui pèse comme une livrée humiliante, et le duvet qui salit sa lèvre et ses joues fait que l'on hésite : « Est-il déjà barbu ou pas encore lavé ? » Il faut une longue patience aux collégiens pour supporter tant de disgrâces. Celui-ci, grand, le nez chevalin, les yeux gris bien placés, fera sans doute un bel homme, mais qui couve dans la peau d'un assez vilain potache...

Antoine dépêche sa salade à bouchées précautionneuses : « Ma tante a la rage de servir de la romaine coupée en long c'est rudement embêtant à manger ! Si je rattrape une feuille avec mes lèvres, Minne dira que je mange comme une chèvre. C'est épatant, les filles, ce que ça a du culot, avec leurs airs de ne rien dire ! Qu'a-t-elle encore, ce matin ? Mademoiselle a les yeux accrochés ! Elle n'a pas démuselé depuis les œufs à la coque. Des manières !... »

Il pose sa fourchette et son couteau sur son assiette, essuie sa bouche ombrée de noir et dévisage Minne d'un œil froid et arrogant. Cependant qu'elle semble le dédaigner — de quelle hauteur ! — il songe :

« C'est égal, elle est plus jolie que la sœur de Bouquetet. Ils ont beau la chiner, à la boîte, parce que, sur ses photographies, ses cheveux viennent blancs ; ils n'ont guère de cousines aussi chouettes, ni aussi distinguées. Ce pied de Bouquetet qui la trouve maigre ! C'est possible, mais je n'apprécie pas, comme lui, les femmes au poids ! »

Minne est assise face au grand jour, le reflet des feuilles, la réverbération du boulevard Berthier, blanc comme une route campagnarde, la pâlissent encore. Distraite, absorbée depuis le matin, elle fixe sans cligner, la fenêtre éblouissante, avec une attention de somnambule. Elle suit ses visions familières, cauchemars longuement inventés, tableaux recomposés cent fois, et que varie la minutie des détails : la Tribu, honnie et redoutée, des Sveltes et des Trapus coalisés assaille Paris terrifié... Un soir, vers onze heures, les vitres tombent, des mains armées de couteaux et d'os de mouton renversent la table paisible, la lampe gardienne... Elles égorgent confusément, parmi des râles doux, des bondissements ouatés de chat... Puis, dans des ténèbres rosées d'incendie, les mains enlèvent Minne, l'emportent d'une force irrésistible, on ne sait pas ou...

— Minne chérie, un peu de tarte ?
— Oui, maman, merci.
— Et du sucre en poudre ?
— Non, maman, merci.

Inquiète de sa Minne pâle et absente, Maman la désigne du menton à l'oncle Paul qui hausse les épaules :

— Peuh ! elle va très bien, cette enfant. Un peu de fatigue de croissance...
— Ce n'est pas dangereux ?
— Mais non, voyons ! C'est une enfant qui se forme tard, voilà tout. Qu'est-ce que ça te fait ? Tu ne veux pas la marier cette année, n'est-ce pas ?
— Moi ? grand Dieu !...

Maman se couvre les oreilles des deux mains, ferme les yeux comme si elle avait vu la foudre tomber de l'autre côté du boulevard Berthier.

— Qu'est-ce qui te fait rire, Minne ? demande l'oncle Paul.

— Moi ?

Minne décroche enfin son regard de la fenêtre ouverte :

— Je ne riais pas, oncle Paul.

— Mais si, petit singe, mais si...

Sa longue main osseuse tire amicalement une des anglaises de Minne, défrise et refrise le brillant copeau d'argent blond...

— Tu ris encore ! C'est cette idée de te marier, hein ?

— Non, dit Minne sincèrement. Je riais d'une autre idée...

« Mon idée, poursuit Minne au fond d'elle-même, c'est que les journaux ne savent rien, ou qu'on les paie pour se taire... J'ai cherché à toutes les pages du *Journal*, sans que Maman me voie... C'est tout de même joliment commode, une maman comme la mienne, qui ne voit jamais rien !... »

Oui, c'est commode... Il est bien évident que l'insoluble problème de l'éducation d'une jeune fille n'a jamais troublé l'âme simplette de Maman. Maman n'a tremblé, devant Minne, depuis presque quinze ans, que de crainte et d'admiration. Quel dessein mystérieux a formé, en elle, cette enfant d'une inquiétante sagesse, qui parle peu, rit rarement, éprise en secret du drame, de l'aventure romanesque, de la passion, la passion qu'elle ignore, mais dont elle murmure tout bas le mot sifflant, comme on essaie la lanière neuve d'un fouet ? Cette enfant froide, qui ne connaît ni la peur, ni la pitié, et se donne en pensée à de sanguinaires héros, ménage pourtant, avec une délicatesse un peu méprisante, la sensibilité naïve de sa mère, gouvernante tendre, nonne vouée au seul culte de Minne...

Ce n'est pas par crainte que Minne cache ses pensées à sa mère. Un instinct charitable l'avertit de demeurer, aux yeux de Maman, une grande petite fille sage, soigneuse comme une chatte blanche, qui dit « oui, maman » et « non, maman », qui va au cours et se couche à neuf heures et demie... « Je lui ferais peur », se dit Minne en posant sur sa mère, qui verse le café dans les tasses, ses calmes yeux insondables...

La chaleur de juillet est venue tout d'un coup. La Tribu, sous les fenêtres de Minne, halète dans l'ombre maigre, sur la pente pelée du talus. Les rares bancs du boulevard Berthier s'encombrent de dormeurs aux membres morts dont la casquette, posée comme un loup, masque le haut du visage. Minne, en robe de lingerie blanche, un grand paillasson cloche sur ses cheveux légers, passe tout près d'eux, jusqu'à frôler leur sommeil. Elle cherche à deviner les visages masqués, et se dit : « Ils dorment. D'ailleurs, on ne lit plus dans les journaux que des suicides et des insolations... C'est la morte-saison. »

Maman, qui conduit Minne à son cours, l'oblige à changer de trottoir à chaque instant et soupire :

— Ce quartier n'est pas habitable !

Minne n'ouvre pas de grands yeux et ne demande pas d'un air innocent : « Pourquoi donc, maman ? » Ces petites rouries-là sont indignes d'elle.

Parfois, on rencontre une dame, une amie de Maman, et l'on cause cinq minutes. On parle de Minne, naturellement, de Minne qui sourit avec politesse et tend une main aux doigts longs et minces. Et Maman dit :

— Mais oui, elle a encore grandi depuis Pâques ! Oh ! c'est un bien grand bébé ! Si vous saviez comme elle est enfant ! Je me demande comment une fillette pareille pourra devenir une femme !

Et la dame, attendrie, se risque à caresser les beaux cheveux à reflets de nacre que lie un ruban blanc... Cependant, le « bien grand bébé », qui lève ses beaux yeux noirs et sourit de nouveau, divague férocement : « Cette dame est stupide ! Elle est laide. Elle a une petite verrue sur la joue et elle appelle ça un grain de beauté... Elle doit sentir mauvais toute nue... Oui, oui, qu'elle soit toute nue dans la rue, et emportée par *Eux*, et qu'ils dessinent, à la pointe du couteau, des signes fatidiques sur son vilain derrière ! Qu'ils la traînent, jaune comme du beurre rance, et qu'ils dansent sur son corps la danse de guerre, et qu'ils la précipitent dans un four à chaux !...

Minne, toute prête, s'agite dans sa chambre claire, nerveuse au point de piétiner. Célénie, la grosse femme de chambre, se fait attendre… S'*il était parti* !

Depuis quatre jours, Minne le rencontre au coin de l'avenue Gourgaud et du boulevard Berthier. Le premier jour, il dormait assis, adossé au mur et barrant la moitié du trottoir. Célénie, effrayée, tira Minne par sa manche ; mais Minne — elle est si distraite ! — avait déjà effleuré les pieds du dormeur, qui ouvrit les yeux… Quels yeux ! Minne en eut le choc, le frisson des admirations absolues… Des yeux noirs en amandes, dont le blanc bleuissait dans le visage d'une pâleur italienne. La moustache fine, comme dessinée à l'encre et des cheveux noirs tout bouclés de moiteur… Il avait jeté, pour dormir, sa casquette à carreaux noirs et violets, et sa main droite serrait, du pouce et de l'index, une cigarette éteinte.

Il dévisagea Minne sans bouger, avec une effronterie si outrageusement flatteuse qu'elle faillit s'arrêter…

Ce jour-là, Minne eut *cinq* en histoire et, dame, comme on dit au cours Souhait : « Cinq, c'est la honte ! » Minne s'entendit infliger un blâme public, tandis que, soumise et les yeux ailleurs, elle vouait silencieusement mademoiselle Souhait à des tortures ignominieusement compliquées…

Chaque jour, à midi, Minne frôle le rôdeur, et le rôdeur regarde Minne, toute claire dans sa robe d'été, et qui ne détourne pas de lui ses yeux sérieux. Elle pense : « Il m'attend. Il m'aime. Il m'a comprise. Comment lui faire savoir que je ne suis jamais libre ? Si je pouvais lui glisser un papier où j'aurais écrit : *Je suis prisonnière. Tuez Célénie et nous partirons ensemble*… Partir ensemble… vers sa vie… vers une vie où je ne me souviendrai même plus que je suis Minne…

Elle s'étonne un peu de l'inertie de son « ravisseur » qui somnole, élégant et sans linge, au pied d'un sycomore. Mais elle réfléchit, s'explique cette veulerie exténuée, cette pâleur d'herbe des caves : « Combien en a-t-il tué cette nuit ? » Elle cherche, d'un coup d'œil furtif, le sang qui pourrait marquer les ongles de son inconnu… Point de sang ! Des doigts fins trop pointus, et, toujours, une cigarette, allumée ou éteinte, entre le pouce et l'index… Le beau chat, dont les yeux veillent sous les paupières dormantes ! Que son bondissement serait terrible, pour occire Célénie et emporter Minne !

Maman, elle aussi, a remarqué l'inconnu à la méridienne. Elle presse le pas, rougit, et soupire longuement quand le péril est dépassé, l'avenue Gourgaud franchie...

— Tu vois souvent cet homme assis par terre, Minne ?
— Un homme assis par terre ?
— Ne te retourne pas !... Un homme assis par terre au coin de l'avenue... J'ai toujours peur que ces gens-là ne guettent un mauvais coup à faire dans le quartier !

Minne ne répond rien. Tout son petit être secret se dilate d'orgueil : « C'est moi qu'il guette ! C'est pour moi seule qu'il est là ! Maman ne peut pas comprendre... »

Vers le huitième jour, Minne est frappée d'une idée, qu'elle nomme tout de suite une révélation : cette pâleur mate, ces cheveux noirs qui moutonnent en boucles... c'est Le Frisé ! C'est Le Frisé lui-même ! Les journaux l'ont dit : « On n'a pas pu parvenir à s'emparer du Frisé... » Il est au coin du boulevard Berthier et de l'avenue Gourgaud, Le Frisé, il est amoureux de Minne et pour elle, tous les jours, expose sa vie...

Minne palpite, ne dort plus, se lève la nuit pour chercher sous sa fenêtre l'ombre du Frisé.

« Cela ne peut se prolonger longtemps, se dit-elle. Un soir, il sifflera sous la fenêtre, je descendrai par une échelle ou une corde à nœuds, et il m'emportera sur une motocyclette, jusqu'aux carrières où l'attendront ses sujets assemblés. Il dira : « Voici votre Reine ! Et... et... ce sera terrible ! »

Un jour, Le Frisé manqua au rendez-vous. Devant Maman navrée, Minne oublia de déjeuner... Mais le lendemain, ni le surlendemain, ni les jours suivants, point de Frisé somnolent et souple, qui ouvrait sur Minne des yeux si soudains lorsqu'elle le frôlait...

Oh ! les pressentiments de Minne ! « Je le savais bien, moi, qu'il était Le Frisé ! et maintenant il est en prison, à la guillotine peut-être !... » Devant les larmes inexplicables, la fièvre de Minne, Maman, éperdue, envoie chercher l'oncle Paul, qui prescrit bouillon, poulet, vin tonique et léger, et départ pour la campagne...

Durant que Maman emplit les malles avec une activité de fourmi qui sent venir l'orage, Minne appuie, dolente et oisive, son front aux vitres, et rêve... « Il est en prison pour moi. Il souffre pour moi, il languit et il écrit dans son cachot des vers d'amour : *À une inconnue...* »

*M*inne, éveillée en sursaut par un grincement de poulie, ouvre des yeux épouvantés sur la chambre paisible : « Où suis-je ? »

Arrivée depuis trois jours chez l'oncle Paul, Minne n'est pas encore habituée à sa maison des champs. Elle cherche, au sortir de son tumultueux sommeil, peuplé de rêves fumeux, l'ombre bleue et claire de sa chambre parisienne, l'odeur citronnée de son eau de toilette... Ici, à cause des volets pleins c'est la nuit noire, malgré les coqs qui crient, les portes qui battent, le tintement de vaisselle qui monte de la salle à manger où Célénie dispose les tasses du petit déjeuner, la nuit massive, percée seulement, à la fenêtre, d'un rai d'or vif, mince comme un crayon...

Ce petit bâton étincelant guide Minne, qui va pieds nus, à tâtons, ouvrir les persiennes et recule, aveuglée de lumière... Elle reste là, les mains sur les yeux, l'air, dans sa longue chemise, d'un ange repentant...

Quand le soleil a percé la coquille rose de sa main, elle retourne à son lit, s'assied, saisit son pied nu, sourit à la fenêtre où dansent des guêpes et ressemble à présent, la bouche entrouverte et les yeux naïfs, à un *baby* de magazine anglais. Mais les sourcils s'abaissent, une pensée habite soudain les larges prunelles qui se moirent comme un étang. Minne songe que tout le monde ne jouit pas de cette lumière bourdonnante, qu'il y a, dans une grande ville, un cachot sombre, où rêve, sur son grabat, un inconnu aux cheveux noirs en boucles...

Il faut pourtant s'habiller, descendre, humer le lait qui mousse, rire, s'intéresser à la santé de l'oncle Paul... « C'est la vie ! » soupire Minne en peignant ses cheveux, que le soleil pénètre et dévore comme s'ils étaient en verre filé.

Au pas léger de Minne, le plancher gémit. Si elle reste immobile, les fauteuils empire s'étirent, craquent, éclatent, le bois du lit leur répond. La maison desséchée et sonore pétille, comme travaillée d'un sourd incendie. Debout depuis deux siècles dans le soleil et le vent, sa charpente chaude gémit sans cesse, et on l'appelle, dans le pays, la Maison Sèche.

Minne l'aime pour ses vastes dimensions, pour son salon à tout faire qu'un perron de cinq marches sépare seul du jardin, pour ses parquets de bois blanc tiède aux pieds nus, pour les dix hectares, parc et verger, qui l'entourent. En petite Parisienne accoutumée aux nuances discrètes, elle s'étonne qu'en sa chambre tant de nuances crues réjouissent les yeux. Le papier à rayures d'un rose foncé s'accorde au couvre-lit de perse treillagé de liserons bleus, de guirlandes vertes ; des rideaux de mousseline orangée pendent aux fenêtres, et le bignonier, lourd de fleurs, balance jusque dans la chambre d'ardents bouquets... Minne, pale comme une nuit de lune, se réchauffe, un peu blessée, à ce feu de couleurs, et parfois, toute nue au soleil, un miroir à la main, cherche en vain, à travers son corps mince, l'ombre plus noire de son squelette élégant...

— Une lettre pour toi, Minne... Ça, c'est *Femina* ; ça, c'est le *Journal de la Santé* et puis la *Chronique médicale*, et puis un prospectus...

— Il n'y a rien pour moi ? implore Antoine.

L'oncle Paul émerge, tout jaune, du bol de lait qu'il tient à deux mains :

— Mon pauvre garçon, tu es extraordinaire ! Tu n'écris à personne, pourquoi veux-tu qu'on t'écrive ?... Fais-moi la grâce de me répondre !

— Je ne sais pas, dit Antoine.

La boutade de son père l'agace ; l'ironie supérieure de Minne l'exaspère. Elle ne prend aucune part à la discussion, elle boit son lait à petites gorgées, reprend haleine de temps en temps, et regarde la fenêtre ouverte, fixement, comme elle faisait boulevard Berthier. Ses yeux noirs reflètent étrangement le vert du jardin...

« Elle est bien fière pour une lettre ! » se dit Antoine.

Fière ? il n'y paraît pas. Elle a posé l'enveloppe fermée près de son assiette et vide son bol de lait avant de l'ouvrir.

— Viens voir, Minne ! appelle Antoine, qui feuillette *Femina*. C'est épatant... Il y a des photos de la journée des Drags... Oh ! on voit Polaire !

— Qui, Polaire ? daigne questionner Minne.

Antoine s'esclaffe, reprenant du coup tous ses avantages :

— Ah ! ben, vrai ! tu ne connais pas Polaire ?

La rêveuse petite figure de Minne devient méfiante :

— Non. Et toi ?

— Quand je dis *connaître*, naturellement, je ne lui dis pas bonjour dans la rue... C'est une actrice. Je l'ai vue à une représentation de charité. Elle était avec trois autres ; elle faisait une pierreuse...

— Antoine ! gronde la voix douce de Maman.

— Oui, ma tante... Une femme, je veux dire, des boulevards extérieurs.

Les yeux de Minne grandissent, brillent :

— Ah !... Elle était habillée comment ?

— Épatante ! un corsage rouge, un tablier, et puis les cheveux comme ça jusque dans les yeux, et puis une casquette...

— Comment, une casquette ? interrompt Minne, choquée par l'inexactitude du détail.

— Oui, en soie, très haute. C'était tout à fait ça...

Minne se détourne, désintéressée :

— Moi, je n'aurais pas mis de casquette, dit-elle avec simplicité.

Elle regarde Antoine, sans le voir, machinalement. Il s'agite, gêné par la beauté de Minne, par la petite flamme diabolique de ses yeux noirs. Il enfonce dans sa poche un mouchoir mal roulé qui fait gros, brosse d'un revers de main le duvet de sa lèvre, et ramasse la cloche de paille jetée sous la chaise.

— Je vais manger des mirabelles, déclare-t-il.

— Pas trop ! prie Maman.

— Laisse donc, dit l'oncle Paul derrière son journal, ça le purge.

Antoine rougit violemment et sort comme si son père l'avait maudit.

Minne, en tablier rose, se lève et noue sous son menton les brides d'une capeline de lingerie, qui la rajeunit encore. Toute gentille, elle tend à Maman la lettre bleue :

— Garde-moi ma lettre, maman. C'est d'Henriette Deslandres, ma voisine de cours. Tu peux la lire, tu sais, maman. Je n'ai pas de secrets. Adieu, maman. Je vais manger des prunes.

L'herbe du verger éblouit, miroite de toutes ses lances de gazon, vernies et coupantes. Minne la traverse à grandes enjambées, comme si elle fendait une eau courante ; il en jaillit, en éclaboussures, mille sauterelles, bleues en l'air, grises à terre. Le soleil traverse la capeline ruchée de Minne, cuit ses épaules d'un feu si vif qu'elle frissonne. Les fleurs de panais sauvage font la roue, encensent le passage de Minne d'une odeur écœurante et douce. Minne se dépêche parce que les pointes de l'herbe, enfilées aux mailles de ses bas, la piquent : si c'étaient des bêtes ?

La prairie ondulée creuse des combes où l'herbe bleuit ; par-dessus la clôture à demi ruinée, les petites montagnes rondes et régulières semblent continuer la houle du sol...

« Est-il bête, cet Antoine, de ne pas m'avoir attendue ! S'il venait un serpent, pendant que je suis toute seule ?... Eh bien, je tâcherais de l'apprivoiser. On siffle, et ils viennent. Mais comment saurais-je si c'est une vipère ou une couleuvre ?... »

Antoine est assis sur les roches plates qui se montrent à fleur de terre. Il a vu venir Minne et appuie deux doigts à sa tempe, d'un air pensif et distingué.

— C'est toi ? dit-il comme au théâtre.

— C'est moi. Qu'est-ce qu'on fait ?

— Moi, rien. Je réfléchissais...

— Je ne voudrais pas te déranger.

Il tremble de la voir partir et répond maladroitement qu' « il y a place pour deux dans le verger ! »

Minne s'assied par terre, dénoue sa capeline pour que le vent touche ses oreilles... Elle considère Antoine avec soin et sans ménagement, comme un meuble :

— Tu sais, Antoine, je t'aime mieux comme ça, en chemise de flanelle, sans gilet.

Il rougit une fois de plus.

— Ah ! tu trouves ? Je suis mieux qu'en uniforme ?

— Ça, oui. Seulement cette cloche de paille te donne l'air d'un jardinier.

— Merci !

— J'aimerais mieux, poursuit Minne sans l'entendre, une... oui, une casquette.

— Une casquette ! Minne, tu as un grain, tu sais !

— Une casquette de cycliste oui... Et puis les cheveux... attends !

Elle détend ses jarrets comme une sauterelle, vient tomber à genoux contre lui et lui ôte son chapeau. Troublé, il ramène ses pieds sous lui et devient grossier :

— Vas-tu me fiche la paix, sacrée gosse !

Elle rit des lèvres, pendant que ses yeux sérieux reflètent, tout au fond, les petites montagnes, le ciel blanc de chaleur, une branche remuante du prunier... Elle peigne Antoine avec un petit démêloir de poche, manie son cousin sans plaisir, sans pudeur, comme un mannequin.

— Ne bouge donc pas ! Là ! comme ça les cheveux sur le front, et puis bien ramenés sur les côtés... Mais ils sont trop courts sur les côtés... C'est égal, c'est déjà mieux. Avec une casquette à carreaux noirs et violets...

Ces derniers mots ont évoqué trop vivement le languissant dormeur des fortifs ; elle se tait, laisse son mannequin et s'assied sans mot dire. « Encore une lune ! » songe Antoine.

Lui non plus ne dit rien, remué de rancune et d'envie confuse. Cette Minne si près de lui — il aurait compté ses cils ! — ces petites mains maigres, froides comme des souris, les doigts pointus courant sur les tempes, dans les oreilles... Le grand nez d'Antoine palpite, pour rassembler ce qui flotte encore du parfum de verveine citronnelle...

Assis, humble et mécontent, il attend quelque reprise des hostilités. Mais elle rêve, les mains croisées, le regard vague devant elle, inattentive à la gêne d'Antoine, à sa laideur don-quichottesque : grand nez osseux et bon, grands yeux cernés d'adolescent, grande bouche généreuse aux dents carrées et solides, teint inégal, enflammé au menton de quelques rougeurs...

Soudain, Minne s'éveille serre les lèvres, tend un doigt pointu :

— Là-bas ! dit-elle.

— Quoi ?

— Tu le vois ?

Antoine rabat en visière son chapeau sur ses yeux, regarde, et bâille avec indifférence :

— Oui, je vois. C'est le père Corne. Qu'est-ce qui te prend ?

— Oui, c'est lui, chuchote Minne profondément.

Elle se dresse sur ses pieds fins, jette en avant des bras de Furie :

— Je le déteste !

Antoine sent venir encore une « lune ». Il prend un visage neutre, où la méfiance combat l'apitoiement :

— Qu'est-ce qu'il t'a fait ?

— Il m'a fait ?... Il m'a fait qu'il est laid, que l'oncle Paul lui a prêté un morceau de verger pour planter des légumes, que je ne peux plus venir ici sans rencontrer le père Corne, qui ressemble à un crapaud, qui pleure jaune, qui sent mauvais, qui plante des poireaux, qui... qui... Dieu ! que je souffre !

Elle se tord les bras comme une petite fille qui jouerait Phèdre. Antoine craint tout de cette ménade. Mais elle change de visage, se rassied sur la roche plate, tire sa robe sur ses souliers. Ses yeux présagent le potin et le mystère...

— Et puis, tu sais, Antoine...

— Quoi ?

— C'est un vilain homme, le père Corne.

— Oh ! là, là !

— Il n'y a pas de « oh ! là, là ! » dit Minne vexée. Tu ferais mieux de me croire et de remonter tes chaussettes. Tout le monde n'a pas besoin de savoir que tu portes des caleçons mauves.

Ce genre d'observations plonge Antoine dans une irritation pudique dont Minne se délecte.

— Et puis, il joue du flageolet dans son lit, le dimanche matin !

Antoine se roule le dos dans l'herbe, comme un âne :

— Du flageolet ! Non, Minne, tu es tordante ! Il ne sait pas !

— Je n'ai pas dit qu'il savait en jouer. Je te dis qu'il en joue. Célénie l'a vu. Il est couché, en tricot marron, avec sa tête abominable, il pleure jaune, ses draps sont sales, et il joue du flageolet... Oh !

Un frisson d'horreur secoue Minne de la tête aux pieds... « Les filles, c'est toujours un peu maboul », philosophe tout bas Antoine, qui connaît depuis quinze ans le père Corne, un vieil expéditionnaire aux yeux malades, geignard et malpropre, dont le seul aspect suscite chez Minne une sorte de frénésie répulsive...

— Qu'est-ce qu'on pourrait bien lui faire, Antoine !

— À qui ?

— Au père Corne.

— Je ne sais pas, moi...

— Tu ne sais jamais, toi ! As-tu un couteau ?

Il pose instinctivement la main sur la poche de son pantalon.

— Si ! affirme Minne péremptoire. Prête-le !

Il ricane, gauche comme un ours devant une chatte...

— Dépêche-toi, Antoine !

Elle se jette sur lui, plonge une main hardie dans la poche défendue et s'empare d'un couteau à manche de buis... Antoine, les oreilles violettes, ne dit mot.

— Tu vois, menteur ! Il est joli, ton couteau ! il te ressemble... Viens, le père Corne est parti. On va jouer, Antoine ! on va jouer dans le potager du père Corne ! Les poireaux sont les ennemis, les potirons sont les forteresses : c'est l'armée du père Corne !

Elle brandit, comme une petite fée redoutable, le couteau ouvert ; elle divague tout haut et piétine les laitues :

— Han ! aïe donc ! nous traînerons leurs cadavres et nous les violerons !

— Hein !

— Nous les violerons, je dis ! Dieu, que j'ai chaud !

Elle se jette à plat ventre sur une planche de persil. Antoine, médusé, regarde cette enfant blonde, qui vient de proférer quelque chose de scandaleux :

— J'entends bien... Tu sais ce que ça veut dire ?

— Probable.

–Ah ?

Il ôte son chapeau, le remet, gratte du talon la terre fendillée de sécheresse...

— Que tu es bête, Antoine ! Tu espères toujours à m'en remonter. C'est Maman qui m'a expliqué ce que ça signifie.

— C'est... ma tante qui...

— Un jour, dans une leçon, je lisais : « Et leurs sépultures furent violées. » Alors, je demande à Maman : « Qu'est-ce que c'est violer une sépulture ? » Maman dit : « C'est l'ouvrir sans permission... » Eh bien, violer un cadavre, c'est l'ouvrir sans permission. Tu bisques ?... Écoute la cloche du déjeuner ! tu viens ?...

À table, Antoine s'essuie le front avec sa serviette, boit de grands verres d'eau...

— Tu as bien chaud, mon pauvre loup ? lui demande Maman.

— Oui, ma tante, nous avons couru ; alors...

— Qu'est-ce que tu racontes ? crie du bout de la table cette diablesse de Minne. On n'a pas couru du tout. On a regardé le père Corne qui jardinait !

L'oncle Paul hausse les épaules :

— Il est congestionné ce gamin-là. Mon garçon, tu me feras le plaisir de te remettre à boire de la gentiane : ça te fera passer tes boutons.

— Ce melon a du mal à descendre, soupire l'oncle Paul, affalé dans un fauteuil de canne.

— C'est l'estomac que vous avez faible, décrète le père Luzeau. Moi, je prends du Combier avant et après mes repas, et je peux manger autant de melon et de haricots rouges que ça me convient.

Le père Luzeau, droit et raide dans un complet de chasse en toile kaki, fume sa pipe, l'œil embusqué sous des poils roussâtres. Ce solide débris est une faiblesse de l'oncle Paul qui se résigne, une fois la semaine, à héberger sa stupidité solennelle de vieux chasseur. Le père Luzeau « pipe » avec bruit, fleure le cabaret et le sang de lièvre, et Minne ne l'aime pas.

« Il a l'air d'un reître, se dit-elle. On prétend que c'est un brave homme, mais il cache son jeu. Cet œil ! il doit enlever des petits enfants et les donner aux porcs. »

Une soirée immobile pèse sur la campagne. Après dîner, pour fuir les lampes cernées de moustiques, de bombyx bruns coiffés d'antennes méphistophéliques, de petits sphinx aux yeux d'oiseaux, fourrés de duvet, l'oncle Paul et son convive, Minne et Antoine sont venus s'asseoir sur la terrasse.

Le feu de la cuisine, la lampe de la salle à manger dardent sur le jardin deux pinceaux de lumière orangée. Les cigales crient comme en plein jour, et la maison, qui a bu le soleil par tous les pores de sa pierre grise, restera tiède jusqu'à minuit.

Minne et Antoine, assis, jambes pendantes, sur le mur bas de la terrasse, ne disent mot. Antoine cherche dans l'obscurité à distinguer les yeux de Minne ; mais la nuit est si dense… Il a chaud, il est mal à l'aise dans sa peau, et supporte patiemment cette sensation trop familière.

Minne, immobile, regarde devant elle. Elle écoute les pas de la nuit froisser le sable du jardin et crée dans l'ombre des figures épouvantables qui la font frémir d'aise. Cette heure apaisée et lourde l'emplit d'impatience, et, devant tant de beauté calme, elle évoque le Peuple aimé que gouvernent ses songes…

Nuit accablée, où les mains cherchent le froid de la pierre ! Elle sera, le long des fortifications, emplie de fièvre et de meurtre, traversée de sifflements aigus… Minne se tourne, brusque, vers son cousin :

— Siffle, Antoine !

— Siffle quoi ?

— Siffle un grand coup, aussi fort que tu pourras... Plus fort !... Plus fort... Assez ! tu n'y connais rien !

Elle joint ses mains, fait craquer toutes ses phalanges et bâille au ciel comme une chatte.

— Quelle heure est-il ? Il ne va pas s'en aller, ce père Luzeau ?

— Pourquoi ? Il n'est pas tard. Tu as sommeil ?

Une moue de mépris : sommeil !

— Il m'agace, ce vieux !

— Tout t'agace aussi ! C'est un brave homme, un peu bassin...

Elle hausse les épaules et parle droit devant elle dans le noir.

— Tout le monde est un brave homme, avec toi ! Tu n'as donc pas vu ses yeux ? Va, je sais ce que je sais !

— Tu sais peau de balle.

— Sois convenable, je te prie ! À qui crois-tu parler ?... Le père Luzeau est un vétéran du crime.

— Un vétéran du crime, lui ! Minne, s'il t'entendait !...

— S'il m'entendait, il n'oserait plus revenir ici ! Dans sa petite cabane de chasseur, il attire des fillettes et puis il abuse d'elles, et il les étrangle ! C'est comme ça que la petite Quenet a disparu.

— Oh !

— Oui.

Antoine sent sa cervelle fumer. Il éclate à voix basse, prudemment :

— Mais c'est pas vrai ! Tu sais bien que ses parents ont dit qu'elle était partie pour Paris en compagnie d'un...

— D'un commis voyageur, je sais. Le père Luzeau les a payés pour ne pas raconter la vérité. Ces gens-là, ça fait tout pour l'argent.

Antoine demeure écrasé une minute, puis son bon sens se révolte. Il s'enhardît jusqu'à saisir, dans ses mains rudes, les poignets de Minne :

— Écoute, Minne, on n'avance pas des horreurs comme ça sans en être sûre ! Qui t'a dit tout ça ?

Le halo argenté, autour de la figure invisible de Minne, tremble aux secousses de son rire :

— Ah ! ah ! penses-tu que je serais assez bête pour te dire qui ?

Elle dégage ses poignets, reprend sa raideur d'infante :

— J'en sais bien d'autres, monsieur ! Mais je n'ai pas assez confiance en vous !

Le grand garçon tendre et gauche se sent tout de suite envie de pleurer, et prend un ton rogue :

— Pas confiance ! est-ce que j'ai jamais rapporté quelque chose ?

Encore ce matin, quand le père Corne est venu se plaindre pour ses légumes abîmés, est-ce que j'ai bavardé ?
— Il ne manquerait plus que ça ! C'est l'enfance de l'art.
— Alors ?... supplie Antoine.
— Alors quoi ?
— Tu me diras encore ?...

Il a renoncé à toute parade de dédain, il penche sa longue taille vers cette petite reine indifférente, qui abrite tant de secrets sous ses cheveux de poudre blonde...
— Je verrai, dit-elle.

— Je peux entrer, Antoine ? crie la voix aiguë de Minne derrière la porte.

Antoine, effaré comme une vierge surprise, court de côté et d'autre en criant : « Non ! non ! » et cherche éperdument sa cravate. Un petit grattement d'impatience et Minne ouvre la porte :

— Comment « non, non » ? Parce que tu es en bras de chemise ? Ah ! mon pauvre garçon, si tu crois que ça me gêne !

Minne, en bleu de lin, les cheveux lisses sous le ruban blanc, s'arrête devant son cousin, qui noue d'une main nerveuse sa cravate enfin retrouvée. Elle le dévisage de ses profonds yeux noirs, où tremble et se mire l'herbe fine des cils. Devant ces yeux-là, Antoine admire et se détourne. Ils ont la candeur sévère qu'on voit aux yeux des bébés très jeunes, ceux qui sont si sérieux parce qu'ils ne parlent pas encore. Leur eau sombre boit les images, et, pour s'y être miré un instant, Antoine, gêné en manches de chemise comme un guerrier sans cuirasse, perd toute assurance...

— Pourquoi mets-tu de l'eau sur tes cheveux ? questionne Minne agressive.

— Pour que ma raie tienne, donc !

— Ce n'est pas joli, ça te fait des cheveux plaqués de Peau Rouge.

— Si c'est pour me dire ça que tu viens me voir quand je suis en chemise !

Minne hausse les épaules. Elle tourne dans la chambre, joue à la dame en visite, se penche sur une boîte vitrée, pointe un index :

— Qu'est-ce que c'est que ce papillon-là ?

Il se penche, chatouillé par les cheveux fins de Minne.

— C'est un vulcain.

— Ah !

Saisi d'un grand courage, Antoine a pris Minne par la taille. Il ne sait pas du tout ce qu'il va faire ensuite...

Un parfum de citronnelle, blond comme les cheveux de Minne, lui met sous la langue une eau acide et claire...

— Minne, pourquoi ne m'embrasses-tu plus en me disant bonjour ?

Réveillée, elle se dégage, reprend son air pur et grave :

— Parce que ce n'est pas convenable.

— Mais quand il n'y a personne ? comme maintenant ?

Minne réfléchit, les mains pendantes sur sa robe :

— C'est vrai, il n'y a personne. Mais ça ne me ferait aucun plaisir.

— Qu'en sais-tu ?

Ayant parlé, il s'effraie de son audace. Minne ne répond rien... Il se remémore, le sang aux joues, un après-midi de lectures vilaines qui l'ont laissé, comme en ce moment, vibrant, les oreilles chaudes et les mains gelées... Minne semble se décider tout à coup :

— Eh bien, embrasse-moi. Mais il faut que je ferme les yeux.

— Tu me trouves si laid ?

Point touchée du cri humble et sincère, elle hoche la tête, secoue ses boucles brillantes :

— Non. Mais c'est à prendre ou laisser.

Elle ferme les yeux, reste toute droite, attend. Ses yeux noirs disparus, elle est soudain plus blonde et plus jeune : une fillette endormie... D'un élan mal calculé, Antoine atteint sa joue d'une bouche goulue, veut recommencer... Mais il se sent repoussé par deux petites mains griffues, tandis que les yeux ténébreux, brusquement dévoilés, lui crient sans paroles :

« Va-t'en ! tu n'as pas su me tromper ! Ce n'est pas *lui* ! »

Minne dort mal, cette nuit, d'un sommeil inquiet d'oiseau. Quand elle s'est couchée, le ciel bas avançait l'ouest comme une muraille noire, l'air sec et sableux durcissait les narines... L'oncle Paul, très mal à l'aise, le foie gonflé, a cherché en vain une heure de repos sur la terrasse, et puis il est monté de bonne heure, laissant Maman cadenasser les volets, gourmander Célénie : « La petite porte d'en bas ? — Elle est *fromée*. — La lucarne du grenier ? — On l'ouvre jamais. — Ce n'est pas une raison... J'y vais moi-même... »

Pourtant, Minne s'est endormie, bercée par des roulements sourds et doux... Un bref fracas l'éveille, suivi d'un coup de vent singulier, qui débute en brise chuchotante, s'enfle, assaille la maison qui craque tout entière... Puis, un grand calme mort. Mais Minne sait que ce n'est pas fini elle attend, aveuglée par les lames de feu bleu qui fendent les volets.

Elle n'a pas peur ; mais cette attente physique et morale la surmène. Ses pieds et ses mains sont anxieux, et le bout de son nez fin remue d'une angoisse autonome. Elle rejette le drap, relève ses cheveux sur son front, car leur frôlement de fils d'araignée l'agace à crier.

Une autre vague de vent ! Elle accourt en furie, tourne autour de la maison, insiste, secoue humainement les persiennes ; Minne entend les arbres gémir... Un vacarme creux couvre leur plainte ; le tonnerre sonne vide et faux, rejeté par les échos des petites montagnes... « Ce n'est pas le même tonnerre qu'à Paris, songe Minne, pliée en chien de fusil sur son lit découvert... J'entends la porte de la chambre de Maman... Je voudrais voir la figure d'Antoine !... Il fait le brave devant le monde, mais il a peur de l'orage... Je voudrais voir aussi les arbres tendre le dos... »

Elle court à la fenêtre, guidée par les éclairs. Au moment où elle pousse les volets, une lumière foudroyante la frappe, la repousse et Minne croit qu'elle meurt...

La certitude de vivre lui revient avec l'obscurité. Un vent irrésistible lève ses cheveux tout droits, gonfle les rideaux jusqu'au plafond. Ranimée, Minne peut distinguer, dans la lumière fantastique qui jaillit de seconde en seconde, le jardin torturé, les roses qui se débattent, violacées sous l'éclair mauve, les platanes qui implorent, de leurs mains de feuilles ouvertes et épouvantées, un ennemi invisible et innombrable...

« Tout est changé ! » songe Minne : elle ne reconnaît plus l'horizon paisible des montagnes, dans cette découpure de cimes japonaises, tantôt verdâtres et tantôt roses, et qu'une arborescence étincelante relie tour à tour au ciel tragique.

Minne, visionnaire, s'élance vers l'orage, vers la théâtrale lumière, vers le grondement souverain, de toute son âme amoureuse de la force et du mystère. Elle cueillerait sans peur ces fougères qui donnent la mort, bondirait sur les nuages ourlés de feu, pourvu qu'un regard offensant et flatteur, tombé des paupières languissantes du Frisé, l'en récompensât. Elle sent confusément la joie de mourir pour quelqu'un devant quelqu'un, et que c'est là un courage facile, pourvu que vous y aident un peu d'orgueil ou un peu d'amour...

Antoine, la figure dans son oreiller, serre les mâchoires à fêler l'émail de ses dents. L'approche de l'orage le rend fou. Il est tout seul, il peut se tordre à l'aise, étouffer dans la plume chaude plutôt que de regarder les éclairs, espérer, avec la ferveur d'un explorateur mourant de soif, les premières gouttes de l'averse apaisante...

Il n'a pas peur, non, — pas positivement. Mais c'est plus fort que lui... Pourtant, la violence extrême de la tempête arrive à détacher de lui-même son égoïste appréhension. Dressé sur son séant, il écoute : « Sûr, ça vient de tomber dans le verger !... Minne ! elle doit mourir de peur !...

L'évocation précise de Minne affolée, pâle en sa chemise blanche, les cheveux en pluie mêlée d'argent et d'or, précipite dans l'âme d'Antoine un flot de pensées amoureuses et héroïques. Sauver Minne ! courir à sa chambre, l'étreindre à l'instant même où la voix lui manque pour appeler au secours... L'étendre auprès de lui, ranimer sous des caresses ce petit corps froid dont la minceur se féminise à peine... Antoine, les jambes hors du lit, la nuque baissée pour garer son visage des éclairs qui le frappent en gifles, ne sait plus s'il fuit l'orage, ou s'il court chez Minne, quand la vue de ses longues jambes faunesques, dures et velues, arrête son élan : a-t-on idée d'un héros en bannière ?

Pendant qu'il hésite, tour à tour exalté et timide, l'orage s'éloigne, s'amortit en artillerie lointaine... Une à une, les premières gouttes d'un déluge tombent, rebondissent sur les feuilles d'aristoloche comme sur des tambourins détendus... Une dépression exquise accable Antoine et glisse dans tous ses membres l'huile bienfaisante de la lâcheté...

Minne n'apparaît plus sous les traits d'une victime émouvante, mais sous l'aspect, non moins troublant, d'une jeune fille en vêtement de nuit... Prolonger magiquement son sommeil, ouvrir ses bras assouplis, baiser ses paupières transparentes que bleuit le noir caché de ses prunelles...

Recouché au creux du lit tiède, Antoine étire son énervement transformé. Sous le petit jour qui vient, gris et rassurant, il va fermer les yeux, posséder longuement Minne endormie, la plus jeune, la plus menue de son sérail coutumier, où il élit tantôt Célénie, la forte et brune femme de chambre, Polaire aux cheveux courts, mademoiselle Moutardot, qui fut reine du lavoir Saint-Ambroise, et Didon, qui fut reine de Carthage...

Antoine et Minne, seuls dans la salle à manger sonore, goûtent, debout près de la fenêtre fermée, et regardent, mélancoliques, tomber la pluie. Fine et serrée, elle fuit vers l'est, en voiles lentement remués, comme le pan d'une robe de gaze qui marche. Antoine assouvit sa faim sur une large et longue tartine de raisiné, où ses dents marquent des demi-lunes. Minne tient, le petit doigt en l'air, une tartine plus mince, qu'elle oublie de manger pour chercher, là-bas, à travers la pluie, plus loin que les montagnes rondes, quelque chose qu'on ne sait pas... À cause de la pluie froide, elle a repris son fourreau de velours vert empire, sa collerette blanche qui suit la ligne tombante des épaules. Antoine aime tristement cette robe, qui rajeunit Minne de six mois et fait songer à la rentrée d'octobre.

Plus qu'un mois ! et il faudra quitter cette Minne extravagante, qui dit des monstruosités avec un air paisible de ne pas les comprendre, accuse les gens de meurtre et de viol, tend sa joue veloutée et repousse le baiser avec des yeux de haine... Il tient à cette Minne de tout son cœur, en potache dévergondé, en frère protecteur, en amant craintif, en père aussi quelquefois... par exemple le jour où elle s'était coupée avec un canif, et qu'elle serrait les lèvres d'un air dur, pour retenir ses larmes... Cette journée triste gonfle son cœur d'une tendresse dont il rougit devant lui-même. Il étire ses longs bras, glisse un regard vers sa Minne blonde, partie si loin... Il a envie de pleurer, de l'étreindre, et s'écrie :

— Fichu temps !

Minne décroche enfin son regard de l'horizon cendreux et le dévisage, silencieuse. Il s'emporte sans motif :

— Qu'est-ce que tu as à me regarder, avec un air de savoir quelque chose de mal sur mon compte ?

Elle soupire, sa tartine mordue au bout des doigts :

— Je n'ai pas faim.

— Mâtin ! il est pourtant fameux, le raisiné de Célénie !

Minne fronce un nez distingué :

— Il y paraît ! Tu manges comme un maçon.

— Et toi comme une petite chipoteuse !

— Je n'ai pas faim pour du raisiné aujourd'hui.

— Pour quoi as-tu faim ? du beurre frais sur du pain chaud ? du fromage blanc ?

— Non. Je voudrais une pipe en sucre rouge.

— Ma tante ne voudra pas, observe Antoine sans autre étonnement. Et puis, ce n'est pas bon.

— Si, c'est bon ! une pipe en sucre rouge pas trop fraîche, quand le dessus est blanc et un peu mou, et qu'il n'y a plus au milieu qu'un petit tuyau de sucre dur qui craque comme du verre... Porte ma tartine sur le buffet : elle m'agace.

Il obéit et revient s'asseoir aux pieds de Minne, sur une chaise basse.

— Parle-moi, Antoine. Tu es mon ami, distrais-moi !

C'est bien ce qu'il craignait. La dignité d'ami confère à Antoine une gêne extraordinaire. Quand Minne raconte des histoires d'assassinat ou d'outrage aux mœurs, ça va bien ; mais parler tout seul, il s'en déclare incapable...

— Et puis, tu comprends, Minne, un jeune homme comme moi, ça n'a pas un répertoire d'anecdotes pour jeunes filles !

— Eh bien, et moi donc ! riposte Minne blessée. Te figures-tu que je pourrais te raconter tout ce qui se passe à mon cours ? Va, la moitié de ces chipies qui viennent au cours en automobile en remontreraient au père Luzeau !

— Non ?

— Si ! Et la preuve c'est qu'il y en a cinq ou six qui ont des amants !

— Oh ! Tu blagues ! leurs familles le sauraient.

— Pas du tout, monsieur. Elles sont trop malignes !

— Et toi, comment le sais-tu ?

— J'ai des yeux peut-être !

Ah ! oui, elle a des yeux ! Des yeux terriblement sérieux qu'elle penche sur Antoine à lui donner le vertige...

— Tu as des yeux, oui... Mais leurs parents aussi ! Où se rencontreraient-elles, tes copines, avec leurs amants ?

— À la sortie des cours, tiens ! réplique Minne indémontable. Ils échangent des lettres.

— Ah ! ben vrai ! s'ils n'échangent que des lettres !...

— Qu'est-ce que tu as à rire ?

— Eh bien, elles ne courent pas le risque d'écoper un enfant, tes amies !

Minne bat des cils et se méfie de sa science incomplète :

— Je ne dis que ce que je veux dire. Penses-tu que je vais livrer à... à la honte... l'élite de la société parisienne ?

— Minne, tu parles comme un feuilleton !

— Et toi, comme un voyou !

— Minne, tu as un sale caractère !

— C'est comme ça ? je m'en vais.

— Eh bien, va-t'en !

Elle se détourne, très digne, et va quitter la chambre, lorsqu'un brusque rayon, jailli d'entre les nuées, provoque chez les deux enfants le même « ah » de surprise : le soleil ! quel bonheur ! L'ombre digitée des feuilles de marronnier danse à leurs pieds sur le parquet...

— Viens, Antoine ! courons !

Elle court au jardin, qui pleure encore, suivie d'Antoine qui traîne ses semelles avec mauvaise grâce. Elle longe les allées encore trempées, contemple le jardin rajeuni. Au loin, l'échine des montagnes fume comme celle d'un cheval surmené et la terre finit de boire dans un silence fourmillant.

Devant l'arbre à perruque, Minne s'arrête, éblouie. Il est pomponné, vaporeux et rose comme un ciel Trianon : de sa chevelure en nuages pommelés, diamantée d'eau, ne va-t-on pas voir s'envoler des Amours nus, de ceux qui tiennent des banderoles bleu tendre et qui ont trop de vermillon aux joues et au derrière ?...

L'espalier ruisselle, mais les pêches en forme de citrons, qu'on nomme tétons-de-Vénus, sont demeurées sèches et chaudes sous leur velours imperméable et fardé... Pour secouer les roses lourdes de pluie, Minne a relevé ses manches et montre des bras d'ivoire fluets, irisés d'un duvet encore plus pâle que ses cheveux ; et Antoine, morose, se mord les lèvres en pensant qu'il pourrait baiser ces bras, caresser sa bouche à ce duvet d'argent...

La voilà accroupie au-dessus d'une limace rouge, et le fin bout de ses boucles trempe dans une flaque d'eau :

— Regarde, Antoine, comme elle est rouge et grenue ! On dirait qu'elle est en « sac de voyage » !

Il ne daigne pas pencher son grand nez qui boude.

— Antoine, s'il te plaît, retourne-la : je voudrais savoir s'il fera beau demain.

— Comment ?

— C'est Célénie qui m'a appris : si les limaces ont de la terre au bout du nez, c'est signe de beau temps.

— Retourne-la, toi !

— Non, ça me dégoûte.

En grognant, pour sauvegarder sa dignité, Antoine retourne, d'un brin de bois, la limace qui bave et se crispe. Minne est très attentive :

— À quel bout est son nez, dis ?

Accroupi près d'elle, Antoine ne peut défendre à son regard de glisser vers les chevilles de Minne, sous le jupon blanc à feston, jusqu'aux dents brodées du petit pantalon... Le vilain animal, en lui, tressaille : il songe qu'un geste brusque renverserait Minne dans l'allée humide... Mais elle se lève d'un bond :

— Viens, Antoine ! nous allons ramasser des courgelles sous le cornouiller !

Rose d'animation, elle l'entraîne vers le potager lavé et reconnaissant. La tôle gondolée des choux déborde de pierreries, et les arbres fins qui portent la graine des asperges balancent un givre rutilant...

— Minne ! un escargot rayé ! Regarde : on dirait un berlingot.

> *Escargot*
> *Manigot,*
> *Montre-moi tes cornes !*
> *Si tu m' les montres pas,*
> *J' te ferai prendre*
> *Par ton père,*
> *Par ta mère,*
> *Par le roi de France !*

Minne chante la vieille ronde de sa voix haute et pure, puis s'interrompt soudain :

— Un escargot double, Antoine !

— Comment double ?

Il se baisse et reste penaud, n'osant toucher les deux escargots accolés, ni regarder Minne qui se penche :

— N'y touche pas, Minne ! c'est sale !

— Pourquoi sale ? Pas plus sale qu'une amande ou une noisette... C'est un escargot philippine !

*A*près cette grande pluie, la chaleur est revenue brutale, à peine supportable, et la Maison Sèche a refermé ses persiennes.

Comme le dit Maman, dolente dans ses percales claires : « La vie n'est plus possible ! » L'oncle Paul tue dans sa chambre les lentes heures du jour, et la salle à manger sombre, pleine d'échos et de craquements, abrite de nouveau Minne alanguie, Antoine bienheureux... Il est assis en face de sa cousine et dispose mollement les treize paquets de cartes d'une patience. Il est ravi d'avoir devant lui Minne changée, qui a relevé hardiment ses cheveux en chignon haut « pour avoir frais ». Elle découvre, en tournant la tête, une nuque blanche, bleutée comme un lis dans l'ombre, où des cheveux impalpables, échappés du chignon, se recroquevillent avec une grâce végétale.

Sous cette coiffure qui la déguise en « dame », Minne parade d'un air aisé et tranchant, qui relègue loin Antoine et ses essais d'élégance : pantalon de coutil blanc, chemise en tussor, ceinture haute bien sanglée... Sans qu'il s'en doute, avec sa chemise de soie rouge, ses cheveux noirs et son teint hâlé, il ressemble terriblement à un cow-boy du Nouveau-Cirque. Pour la première fois, Antoine éprouve l'indigence des moyens de plaire, et qu'un amoureux ne saurait être beau, s'il n'est aimé...

Minne se lève, brouille les cartes :

— Assez ! il fait trop chaud !

Elle s'en va aux volets clos, applique son œil au trou rond qu'y fora un taret, et assiste à la chaleur comme à un cataclysme :

— Si tu voyais ! Il n'y a pas une feuille qui bouge... Et le chat de la cuisine ! il est fou, cet animal, de se cuire comme ça ! Il attrapera une insolation, il est déjà tout plat... Tu peux me croire, je sens la chaleur qui me vient dans l'œil par le trou du volet !

Elle revient en agitant les bras « pour faire de l'air » et demande :

— Qu'est-ce qu'on va faire, nous ?

— Je ne sais pas... Lisons...

— Non, ça tient chaud.

Antoine enveloppe du regard Minne, si mince dans sa robe transparente :

— Ça ne pèse pas lourd, une robe comme ça !

— Encore trop ! Et pourtant je n'ai rien mis dessous, presque : tiens...

Elle pince et lève un peu l'ourlet de sa robe, comme une danseuse excentrique. Antoine entrevoit les bas de fil havane, ajourés sur la cheville nacrée, le petit pantalon dentelé, serré au-dessus des genoux... Les cartes à patience, échappées de ses mains tremblantes, glissent à terre...

— Je ne serai pas si bête que la dernière fois, songe-t-il, affolé.

Il avale un grand coup de salive et réussit à feindre l'indifférence :

— Ça, c'est pour en bas... Mais tu as peut-être chaud par en haut, dans ton corsage ?

— Mon corsage ? J'ai juste ma brassière et ma chemise en dessous... tâte !

Elle s'offre de dos, la tête tournée vers lui, cambrée et les coudes levés. Il tend des mains rapides, cherche la place plate des petits seins... Minne, qu'il a effleurée à peine, saute loin de lui, avec un cri de souris, et éclate d'un rire secoué qui lui emplit les yeux de larmes :

— Bête ! bête ! Oh ! ça, c'est défendu ! ne me touche jamais sous les bras ! je crois que j'aurais une attaque de nerfs !

Elle est énervée, il la croit provocante, et d'ailleurs il a frôlé, sous les bras moites de la fillette, un tel parfum... Toucher la peau de Minne, la peau secrète qui ne voit jamais le jour, feuilleter les dessous blancs de Minne comme on force une rose — oh ! sans lui faire de mal, pour voir... Il s'efforce à la douceur, en se sentant des mains singulièrement maladroites et puissantes...

— Ne ris pas si haut ! chuchote-t-il en avançant sur elle.

Elle se remet lentement, rit encore en frissonnant des épaules, et s'essuie les yeux du bout des doigts :

— Tiens, tu es bon, toi ! je ne peux pas m'en empêcher ! ne recommence pas, surtout !... Non, Antoine, ou je crie !

— Ne crie pas ! prie-t-il très bas.

Mais, comme il continue d'avancer, Minne recule, les coudes serrés à la taille pour garantir la place chatouilleuse. Bientôt bloquée contre la porte, elle s'y arcboute, tend des mains qui menacent et supplient... Antoine saisit ses poignets fins, écarte ses bras peureux et songe alors que deux autres mains lui seraient en ce moment bien utiles... Il n'ose pas lâcher les poignets de Minne incertaine, silencieuse, dont il voit bouger les yeux comme une eau remuée...

Des cheveux envolés frôlent le menton d'Antoine, y suscitent une démangeaison enragée qui se propage sur tout son corps en flamme courante... Pour l'apaiser, sans lâcher les poignets de Minne, il écarte davantage les bras, se plaque contre elle et s'y frotte à la manière d'un chien jeune, ignorant et excité...

Une ondulation de couleuvre le repousse, les poignets fins se tordent dans ses doigts comme des cous de cygnes étranglés :

— Brutal ! Brutal ! Lâche-moi !

Il recule d'un saut contre la fenêtre, et Minne reste contre la porte où elle semble clouée, mouette blanche aux yeux noirs et mobiles... Elle n'a pas bien compris. Elle s'est sentie en danger. Tout ce corps de garçon appuyé au sien, si fort qu'elle en sent encore les muscles durs, les os blessants... Une colère tardive la soulève, elle veut parler, injurier, et éclate en grosses larmes chaudes, cachée dans son tablier relevé...

— Minne !

Antoine, stupéfait, la regarde pleurer, tourmenté de chagrin, de remords, et de la crainte aussi que Maman revienne...

Minne, je t'en supplie !

— Oui, sanglote-t-elle, je dirai... je dirai...

Antoine jette son mouchoir à terre, d'un mouvement rageur :

— Naturellement ! « Je le dirai à Maman ! » Les filles sont toutes les mêmes, elles ne savent que rapporter ! Tu ne vaux pas mieux que les autres !

Instantanément, Minne découvre un visage offensé où les cheveux et les larmes ruissellent ensemble.

— Oui, tu crois ça ? Ah ! je ne suis bonne qu'à rapporter ? Ah ! je ne sais pas garder de secrets ? Il y a des filles, monsieur, qu'on brutalise et qu'on insulte...

— Minne !

–... Et qui en ont plus lourd sur le cœur que tous les collégiens du monde !

Ce vocable innocent de « collégien » pique Antoine à l'endroit sensible. Collégien ! cela dit tout : l'âge pénible, les manches trop courtes, la moustache pas assez longue, le cœur qui gonfle pour un parfum, pour un murmure de jupe, les années d'attente mélancolique et fiévreuse... La colère brusque qui échauffe Antoine le délivre de sa trouble ivresse : Maman peut entrer, elle trouvera cousin et cousine debout l'un devant l'autre, qui se mesurent avec ce geste du cou familier aux coqs et aux enfants rageurs. Minne s'ébouriffe, comme une poule blanche, le chignon en bataille, mousselines froissées ; Antoine, en nage, relève ses manches de soie rouge de la manière la moins chevaleresque... Et Maman paraît, arbitre en percale claire, portant sur ses mains ouvertes deux assiettes de prunes blondes...

Ce soir-là, Minne rêve dans sa chambre avant de se déshabiller. Autour d'un ruban blanc, elle roule lentement la dernière boucle de sa chevelure et demeure immobile, debout, les yeux ouverts et aveugles sur la flamme de la petite lampe. Tous ses cheveux roulés, liés de rubans blancs, la coiffent bizarrement de six escargots d'or, deux sur le front, deux sur les oreilles, deux sur la nuque, et lui donnent un air de villageoise frisonne...

Les volets clos enferment l'air pesant, et l'on entend distinctement, dans l'épaisseur de leur bois, le précieux travail du ver. Si l'on ouvrait, les moustiques se rueraient vers la lampe, chanteraient aux oreilles de Minne, qui bondirait comme une chèvre, et marbreraient ses joues délicates de piqûres roses et boursouflées...

Minne rêve, au lieu de se déshabiller, bouche pensive, yeux fixes et noirs où se mire, toute petite, l'image de la lampe, beaux yeux somnambuliques sous les sourcils de velours blond, dont la courbe noble prête tant de sérieux à cette figure enfantine...

Minne pense à Antoine, à l'affolement qui le rendit soudain si brutal et si tremblant. Elle ne sait guère jusqu'où fût allée la lutte, mais elle voue au collégien une sourde rancune de ce qu'il fut, à cet instant-là, Antoine et non un autre. Elle en souffre, seule devant elle-même, comme pour un inconnu qu'elle eût embrassé par méprise dans l'obscurité. Point d'indulgence, même physique, pour le pauvre petit mâle ardent et maladroit : Minne proteste, de tout son être, contre une erreur sur la personne. Car, si le nonchalant dormeur du boulevard Berthier fût sorti, au passage de Minne, de son menaçant sommeil, si les mains fines et moites eussent saisi les poignets de la petite fille et qu'un corps trop souple, fleurant la paresse et le sable chaud, se fût étiré contre le sien, Minne frémit à pressentir qu'un tel assaut, renforcé de gestes doux, de regards insultants, l'eût trouvée soumise, à peine étonnée...

« Il faut attendre, attendre encore », songe-t-elle obstinément. « Il s'évadera de sa prison et reviendra m'attendre au coin de l'avenue Gourgaud. Alors je partirai avec lui. Il m'imposera à son peuple, il m'embrassera — sur la bouche — devant tous, pendant qu'ils gronderont d'envie... Notre amour croîtra dans le péril quotidien... » La Maison Sèche craque. Aussi léger qu'une robe traînante, un vent chaud balaie, dehors, les fleurs tombées du jasmin de Virginie...

« On aurait vu des choses plus ridicules ! » conclut Antoine en lui-même. Il pointille à l'encre le bois de son pupitre, mord son porte-plume en merisier odorant. Le thème latin l'écœure presque physiquement ; il éprouve prématurément cette défaillance de la rentrée, qui blêmit les collégiens au matin du premier octobre... À mesure que septembre s'écoule, l'âme d'Antoine se tourne désespérément vers Minne, Minne blanche aux reflets dorés, Minne, image rafraîchissante d'un juillet libre, d'un beau mois neuf et brillant comme une monnaie vierge, Minne fuyante, insaisissable autant que l'heure même, Minne et les vacances !... Oh ! garder Minne, s'affiner peu à peu au contact de sa duplicité voilée de candeur ! Il y a bien une solution, un arrangement, une conclusion lumineuse et naturelle... « On a vu, se répète-t-il pour la vingtième fois, des choses plus ridicules que des fiançailles à longue échéance entre un garçon de dix-huit ans et une jeune fille de quinze... Dans les familles princières, par exemple... » Mais à quoi bon argumenter ? Minne voudra ou ne voudra pas, voilà tout. Le hochement de tête d'une petite fille aux cheveux d'or peut suffire à changer le monde...

Onze heures sonnent. Antoine s'est levé, tragique, comme si cette pendule Louis-Philippe sonnait son heure dernière... La glace de la cheminée lui renvoie l'image résolue d'un grand diable au nez aventureux, dont les yeux, sous l'abri touffu des sourcils, disent « Vaincre ou mourir ! » Il franchit le corridor, frappe chez Minne d'un doigt assuré... Elle est toute seule, assise, et fronce un peu les sourcils parce qu'Antoine a claqué la porte.

— Minne ?

— Quoi ?

Elle n'a dit qu'un mot. Mais ce mot, mais cette voix signifient tant de méchantes choses sèches, de défiance, de politesse exagérée... Le vaillant Antoine ne faiblit pas :

— Minne ! Minne... m'aimes-tu ?

Habituée aux façons incohérentes de ce sauvage, elle le regarde de profil, sans tourner la tête. Il répète :

— Minne, m'aimes-tu ?

Une intraduisible expression d'ironie, de pitié négligente, d'inquiétude, anime cet œil noir, coulé en coin entre les cils blonds ; un sourire fugitif étire la bouche nerveuse... En une seconde, Minne a revêtu ses armes.

— Si je t'aime ? Bien sûr que je t'aime !

— Je ne te demande pas si c'est bien sûr ; je te demande si tu m'aimes ?

L'œil noir s'est détourné. Minne regarde la fenêtre et ne montre qu'un profil presque irréel de fragilité, aux lignes fondues dans la lumière dorée...

— Fais attention, Minne. C'est une chose très grave que je veux te dire. C'est aussi une chose très grave que tu vas répondre... Minne, est-ce que tu m'aimerais assez pour m'épouser plus tard ?

Cette fois, elle a bougé ! Antoine voit, en face de lui, une sorte d'ange têtu, dont les yeux menaçants parlaient déjà avant que sa voix eût répondu :

— Non.

Il ne ressent pas, d'abord, la douleur physique prévue, la douleur espérée qui l'eût empêché de penser. Il a seulement l'impression que son tympan crevé laisse sa cervelle s'emplir d'eau, mais il fait bonne figure.

— Ah ?

Minne juge superflue une seconde réponse. Elle guette Antoine en dessous, la tête penchée. L'un de ses pieds, avancé, bat le parquet imperceptiblement.

— Est-ce indiscret, Minne, de te demander les raisons de ton refus ?

Elle soupire, d'un long souffle qui soulève, comme des plumes, les cheveux égarés sur ses joues. Elle mord, pensive, l'ongle de son petit doigt, considère amicalement le malheureux Antoine qui, raide comme à la parade, laisse stoïquement la sueur rouler le long de ses tempes, et daigne enfin répondre :

— C'est que je suis fiancée.

Elle est fiancée. Antoine n'a rien pu obtenir de plus. Toutes les questions ont échoué devant ces yeux sans fond, cette bouche serrée sur un secret ou sur un mensonge... Seul à présent dans sa chambre, Antoine crispe ses mains dans ses cheveux et essaie de réfléchir...

Elle a menti. Ou bien elle n'a pas menti. Il ne sait, des deux, quel est le pire. « Les filles, c'est terrible ! » songe-t-il ingénument. Des lambeaux de romans passent tout imprimés devant ses yeux : « La cruauté de la femme..., la duplicité de la femme..., l'inconscience féminine... Ils ont peut-être souffert, ceux qui écrivaient cela », pense-t-il avec une pitié soudaine... « Mais au moins ils ont fini de souffrir, et, moi, je commence... » Si j'allais demander la vérité à ma tante ? » Il sait bien qu'il n'ira pas, et ce n'est pas seulement la timidité qui l'arrête, c'est que tout lui est sacré qui lui vient de Minne. Confidences, mensonges, aveux : les précieuses paroles de Minne à Antoine doivent s'enfouir en lui, dépôt inestimable qu'il gardera contre tous...

« Minne est fiancée ! » Il se répète ces trois mots avec un désespoir respectueux, comme si sa Minne blonde avait conquis un grade notable ; il dirait à peu près de même : « Minne est chef d'escadron », ou bien : « Minne est première en thème grec. » Ce n'est pas sa faute, à cet amant sincère, s'il n'a que dix-huit ans.

C'est un pitoyable corps qui se roule, à demi vêtu, sur le lit d'Antoine. Le pauvre enfant peine, dans ses soupirs de bûcheron, à comprendre ceci : que la douleur peut enfiévrer les sens, et qu'il lui faudra longtemps mûrir, sans doute, pour souffrir purement.

Minne est malade. La maison s'agite en silence ; Maman a des yeux rouges dans une figure tirée. L'oncle Paul a parlé de fièvre de croissance, de mauvais moments à passer, d'embarras gastrique…, maman perd la tête. Sa chérie, son petit soleil, son poussin blanc a la fièvre et reste couchée depuis deux jours…

Antoine erre, prêt à s'accuser de tout ce qui arrive ; par la porte entrebâillée, il glisse dans la chambre de Minne son long museau ; mais ses gros souliers craquent et des « chut ! chut ! » le chassent jusqu'au bas de l'escalier. À peine a-t-il entrevu Minne couchée, pâle, dans le lit à perse bleue et verte… Elle boit un peu de lait, très peu, avec un petit bruit de ses lèvres sèches, puis retombe et soupire… Sauf le cerne mauve des yeux, et ce pli au coin des ailes fines du nez, on la croirait couchée par caprice. Seulement, le soir, quand Maman a tiré les rideaux, allumé la veilleuse dans le verre bleu, voilà que Minne soupire plus fort, remue les mains, s'assoit, se recouche, et commence à murmurer des choses indistinctes : « Il dort… il fait semblant de dormir… la reine…, la reine Minne », de courtes phrases puériles, enfin, à la manière d'un enfant qui rêve haut…

Par une aube de brouillard rouge, qui sent la mousse humide, le champignon et la fumée, Minne s'éveille, en déclarant qu'elle se sent guérie. Avant que Maman en croie sa joie, Minne bâille, montre une langue pâlotte mais pure, s'étire longue, longue, dans son lit, et pose cent questions : « Quelle heure est-il ? où est Antoine ? est-ce qu'il fait beau ? est-ce que je peux avoir du chocolat ?… »

Le surlendemain, elle déguste au bout d'une mouillette le lait blanc et la crème jaune d'un œuf à la coque. Minne, gourmande, bien calée entre deux oreillers, joue à la convalescente. L'air délicieux, par la fenêtre ouverte, gonfle les rideaux et fait penser à la mer…

Minne se lèvera demain. Aujourd'hui, il fait humide et les feuilles pleuvent. Le vent d'ouest chante sous les portes, avec une voix d'hiver, une voix qui donne envie de cuire des châtaignes dans la cendre. Minne serre sur ses épaules un grand châle de laine blanche, et ses cheveux nattés découvrent ses oreilles de porcelaine rosée. Elle admet Antoine à lui tenir compagnie, et il en témoigne une gratitude discrète de chien trouvé. Le menton amenuisé de Minne l'attendrit aux larmes il voudrait prendre cette petite dans ses bras, la bercer et l'endormir… Pourquoi faut-il qu'il lise, dans les yeux noirs mystérieux, tant de malice et si peu de confiance ? Antoine a déjà lu à haute voix, parlé de la température, de la santé de son père, du départ proche, et ce regard pénétrant ne désarme pas ! Il va reprendre le roman commencé ; mais une main effilée se tend hors du lit, l'arrête :

— Assez, prie Minne. Ça me fatigue.

— Tu veux que je m'en aille ?

— Non... Antoine, écoute ! Je n'ai confiance, ici, qu'en toi... Tu peux me rendre un grand service.

–Oui ?

— Tu vas écrire une lettre pour moi. Une lettre que Maman ne doit pas voir, tu comprends ? Si Maman me voit écrire dans mon lit, elle pourrait demander à qui j'écris... Toi, tu écris là, à cette table, tu me tiens compagnie, personne n'a rien à y voir... Je voudrais écrire à mon fiancé.

Elle peut guetter, à ce coup, la figure de son cousin : Antoine, très en progrès, n'a pas bronché. À vivre près de Minne, il a gagné le sens de l'extraordinaire et du variable. Simple comme la férocité de Minne, cette idée l'a traversé : « Je vais écrire sans faire semblant de rien ; alors, je saurai qui il est et je le tuerai. »

Sans parler, il suit, docile, les instructions de Minne.

— Dans mon buvard..., non, pas ce papier-là... du blanc sans chiffre..., nous sommes obligés de prendre tant de précautions, lui et moi !

Lorsqu'il s'est assis, qu'il a humecté la plume neuve, affermi le sous-main, elle dicte :

— « Mon bien-aimé... »

Il ne tressaille pas. Il n'écrit pas non plus. Il regarde Minne profondément, sans colère, jusqu'à ce qu'elle s'impatiente.

— Eh bien, écris donc !

— Minne, dit Antoine d'une voix changée et lente, pourquoi fais-tu cela ?

Elle croise sur sa poitrine son châle blanc, d'un geste de défiance. Une émotion nouvelle rosit ses joues transparentes. Antoine lui paraît étrange, et c'est à son tour de le regarder, d'un air lointain et divinateur. Peut-être découvre-t-elle, à travers lui, l'instant d'un regret, l'Antoine qu'il sera dans cinq ou six ans, grand, solide, à l'aise dans sa peau comme dans un vêtement à sa taille, n'ayant gardé d'aujourd'hui que ses doux yeux de brigand noir ?...

— Pourquoi, Minne ? Pourquoi me fais-tu cela ?

— Parce que je n'ai confiance qu'en toi.

Confiance ! elle a trouvé le mot qui suffit à abîmer la volonté d'Antoine... Il obéira, il écrira la lettre, soulevé par ce flot de lâcheté sublime qui a absous tant de maris complaisants, tant d'amants humbles et partageurs...

— « Mon bien-aimé, que tes chers yeux ne s'étonnent pas d'une écriture qui n'est pas la mienne. Je suis malade et quelqu'un de dévoué... » La voix de Minne hésite, semble traduire mot à mot un texte difficile...

— « quelqu'un de dévoué... veut bien te donner de mes nouvelles, pour que tu te rassures, que tu te donnes tout à ta dangereuse carrière... »

« Sa dangereuse carrière ! » rumine Antoine. « Il est chauffeur ?... ou sous-dompteur chez Bostock ? »

— Tu y es, Antoine ?... « Ta dangereuse carrière. Mon bien-aimé... quand me retrouverai-je dans tes bras et respirerai-je ta chère odeur ?... »

Une grande vague amère emplit le cœur de celui qui écrit. Il endure tout cela comme un rêve pénible, dont on souffre à mourir en sachant que c'est un rêve.

— « Ta chère odeur... Je voudrais parfois oublier que je fus à toi... » Tu y es, Antoine ?

Il n'y est pas. Il tourne vers elle une figure de noyé, une figure enlaidie et suffoquée qui irrite Minne sur-le-champ :

— Eh bien, va donc !

Il ne va pas. Il secoue la tête comme pour chasser une mouche...

— Tu ne dis pas la vérité, dit-il enfin. Ou bien tu perds la tête. Tu n'as pas appartenu à un homme.

Rien plus que l'incrédulité ne peut exaspérer Minne. Elle ramasse sous elle, avec une grâce brusque, ses jambes cachées. Les lumineux yeux noirs, dévoilés, accablent Antoine de leur colère :

— Si ! crie-t-elle, je lui ai appartenu !

— Non !

— Si !

— Non !

— Si !...

Et elle jette comme un argument sans réplique :

— Si ! je te dis, puisque c'est mon amant !

L'effet, sur Antoine, d'un mot aussi catégorique est au moins surprenant. Toute son attitude obstinée et tendue s'assouplit. Il pose son porte-plume, soigneusement, au bord de l'encrier, se lève sans renverser sa chaise et s'approche du lit où trépide Minne. Elle ne fait pas attention qu'aux prunelles d'Antoine luit la singulière et fauve douceur d'une bête qui va bondir...

— Tu as un amant ? tu as couché avec lui ? demande-t-il très bas.

Comme sa voix appuie, presque mélodieuse, sur les derniers mots !... La vive rougeur de Minne avoue, croit-il, sa faute.

— Certainement, monsieur ! j'ai couché avec lui !

— Oui ? Où donc ?

Par un renversement des rôles qu'elle n'aperçoit pas, c'est Minne qui répond, embarrassée, à un Antoine agressif plein d'une lucidité qu'elle n'avait point prévue...

— Où ? ça t'intéresse ?

— Ça m'intéresse.

— Eh bien ! la nuit... sur le talus des fortifications.

Il réfléchit, fixe sur Minne des yeux rapetissés et prudents.

— La nuit... sur le talus... Tu sortais de la maison ? ta mère n'en sait rien ? ... non, je veux dire : c'est quelqu'un dont tu ne pouvais expliquer la présence chez ta mère ?

Elle répond « oui » d'un grave hochement de tête.

— Quelqu'un... de condition inférieure ?

— Inférieure !

Redressée, tremblante, elle le foudroie du sombre éclat de ses yeux grands ouverts, ses nobles petites narines, serrées et farouches, palpitent. « Inférieur ! » Inférieur, cet ami silencieux et menaçant, dont le corps souple jeté en travers du trottoir, feignait une mort gracieuse !... Narcisse en jersey rayé, évanoui au bord d'une source... Inférieur, le héros de tant de nuits, qui cache sous ses vêtements le couteau tiède et porte les marques roses de tant d'ongles épouvantés !...

— Je te demande pardon, Minne, dit Antoine très doux. Mais... tu parles de dangereuse carrière... Qu'est-ce qu'il fait donc, ton... ton ami ?

— Je ne peux pas te le dire.

— Une dangereuse carrière..., poursuit Antoine patiemment, cauteleusement... Il y en a beaucoup de dangereuses carrières... Il pourrait être couvreur... ou conducteur d'automobile...

Elle arrête sur lui des yeux meurtriers :

— Tu veux le savoir, ce qu'il fait ?

— Oui, j'aimerais mieux...
— Il est assassin.

Antoine hausse ses sourcils de Méphisthophélès départemental, ouvre une bouche badaude et part d'un jeune éclat de rire. Cette bonne grosse plaisanterie le remet, et il tape sur ses cuisses d'un air plus convaincu que distingué...

Minne frémit ; dans ses yeux, où se mire un couchant rouge de septembre, passe l'envie distincte de tuer Antoine...

— Tu ne me crois pas ?
— Si... si... Oh ! Minne, quelle toquée tu fais !

Minne ne connaît plus de raison, ni de patience :

— Tu ne me crois pas ? Et si je te le montrais ! Si je te le montrais vivant ? Il est beau, plus beau que tu ne seras jamais, il a un jersey bleu et rouge, une casquette à carreaux noirs et violets, des mains douces comme celles d'une femme ; il tue toutes les nuits d'affreuses vieilles qui cachent de l'argent dans leur paillasse, des vieux abominables qui ressemblent au père Corne ! Il est chef d'une bande terrible, qui terrorise Levallois-Perret. Il m'attend, le soir, au coin de l'avenue Gourgaud...

Elle s'arrête, suffoquée, cherchant une dernière flèche à enfoncer :

— ... il m'attend là, et, quand Maman est couchée, je vais le retrouver, et nous passons la nuit ensemble !

Elle n'en peut plus, elle s'adosse aux oreillers, attend qu'Antoine éclate. Mais rien ne paraît chez lui qu'une inquiétude circonspecte, le souci d'avoir provoqué chez Minne un retour de fièvre, de délire léger...

— Je m'en vais, Mine...

Elle ferme les yeux, soudain pâle et dégrisée :

— C'est ça : va-t'en !
— Minne, tu n'es pas fâchée contre moi ?

Elle fait « non, non » d'un signe excédé.

— Bonsoir, Minne...

Il prend sur le drap une petite main sèche, chaude, inerte, hésite à la baiser et la repose doucement, doucement, comme un objet délicat dont il ne sait pas se servir...

Depuis que Minne a quitté la Maison Sèche, des dimanches ont passé, ramenant autour de la tarte traditionnelle l'oncle Paul et Antoine. Minne détourne d'eux ses yeux sauvages parce que la vue de l'oncle Paul, jaune, fripé, offense sa fraîche et cruelle jeunesse, parce qu'Antoine, sous sa livrée noire à boutons dorés, a retrouvé sa dégaine d'enfant de troupe grandi trop vite, cuit au soleil...

Minne a repris ses cours quotidiens et ne cherche même plus, au coin de l'avenue déserte, l'inconnu à qui elle donne tous ses songes : le trottoir miroite d'averses ou sonne gelé sous le talon, comme aux matins de décembre. Maman brode, le soir, sous la lampe, se retourne parfois pour scruter innocemment le visage de sa chérie, et retombe dans sa paix adive de mère tendre et aveugle... Il ne faut pas en vouloir à Maman, si Dieu l'a pourvue d'un don d'amour sans discernement. Tant d'honnêtes poules couvèrent, sous leurs ailes rognées, l'essor, bleu et vert métallique, d'un beau canard sauvage !

« C'est Lui ! c'est Lui ! Je reconnais sa démarche ! »
Minne, penchée à tomber, crispe sur l'appui de la fenêtre ses deux mains, que l'exaltation glace... Ses yeux, son cœur le reconnaissent, à travers la nuit...

« Il n'y a que Lui pour marcher ainsi ! Qu'il est souple ! À chaque pas, on voit balancer ses hanches... La prison l'a maigri, on dirait... Est-ce la même casquette à carreaux noirs et violets ? Il m'attend ! il est revenu ! Je voudrais me montrer... Il s'en va... Non ! il revient ! »

C'est un long rôdeur d'une souplesse désossée, qui fume et se promène. La clarté d'une fenêtre ouverte, à cette heure, l'étonne : il lève la tête. Minne, affolée, jurerait qu'elle reconnaît sur ce visage levé une pâleur unique, et la fumée de la cigarette monte vers elle comme un encens.

— Psst ! fait Minne.

L'homme s'est retourné, d'une manière courbe qui révèle la bête toujours au guet. C'est cette gosse, là-haut ? à qui en veut-elle ?

Une petite voix légère demande :

— Vous venez me chercher ? il faut descendre ?

À tout hasard, parce que la silhouette est jeune et fine, l'homme envoie, des deux mains, une obscène et gouailleuse réplique. « Bien sûr, c'est le signe ! » se dit Minne. « Mais je ne peux pas descendre comme ça. »

Fiévreuse, elle recommence la parure baroque de l'an dernier — le ruban rouge au cou, le tablier à poches, le chignon — oh ! ce peigne qui glisse tout le temps ! ... Faut-il prendre un manteau ? Non on n'a pas froid quand on s'aime... Vite, en bas !

Les pieds bondissants de Minne, chaussés de mules rouges, effleurent le tapis... Un craquement terrible ! Minne, dans sa hâte, a oublié la dix-huitième marche, disjointe, qui gémit comme une porte rouillée... Elle s'aplatit, les mains au mur, retient son souffle... Rien n'a bougé dans la maison. En bas, les verrous de sûreté obéissent à la petite main qui tâtonne : la porte tourne, muette ; mais comment la refermer sans bruit ?

« Eh bien, je ne la referme pas ! »

Il fait frais, presque froid. Le vent, qui n'agite plus de feuilles aux platanes dépouillés, fait chanceler la clarté des becs de gaz...

« Où est-il ? »

Personne dans l'avenue... Quelle direction choisir ? Minne, désolée, tord enfantinement ses mains nues... Ah ! là-bas, une forme s'éloigne...

« Oui, oui, c'est lui ! »

Une main au chignon qui oscille, l'autre tenant la jupe légère, elle s'élance. L'heure inusitée, la gravité de ce qu'elle accomplit, portent Minne sur des pieds qui touchent à peine la terre. Elle étendrait les bras et volerait sans plus de surprise. Elle se dit seulement : « C'est mon âme qui court ! » Il faut courir, et très vite, car la longue forme de celui qu'elle suit n'est plus, du côté de la porte Malesherbes, qu'une larve onduleuse...

Minne dépasse l'avenue Gourgaud, atteint la grille du chemin de fer, le boulevard Malesherbes... Avec Célénie, avec Maman, elle n'est jamais allée plus loin. Le boulevard continue, jalonné d'arbres. Mon Dieu, où est donc allé Le Frisé ? Elle n'ose pas crier, et elle ne sait pas siffler... Là-bas, c'est lui !... non, c'est un arbre plus gros !... Ah ! le voilà... ! Arrêtée un instant pour comprimer son cœur essoufflé, elle repart, joint quelqu'un qui semble attendre, quelqu'un de muet qui dérobe, sous le bord ramolli d'un feutre, le haut d'un visage anonyme...

— Pardon, monsieur...

La petite voix suffoquée peut à peine parler. L'homme ne montre de lui, sous le gaz verdâtre, qu'un menton bleu par une barbe de trois jours... Pas de front, pas d'yeux, les mains même restent invisibles, enfoncées dans les poches... Mais Minne n'a pas peur de ce mannequin sans figure, qui semble vide, haut comme une armure ancienne...

— Monsieur, vous n'auriez pas vu passer un... un homme qui allait par là, un grand, qui se balance un peu en marchant ?

Les épaules de l'homme montent, retombent. Minne sent sur elle un regard qu'elle ne voit pas et s'impatiente :

— Pourtant, il a dû passer près de vous, monsieur...

Sa petite figure volontaire cherche bravement la figure d'ombre. La course a rosé ses joues, ses yeux reflètent le gaz comme deux flaques d'eau ; elle ferme et rouvre la bouche et piétine, attendant une réponse. L'homme vide hausse encore les épaules, et dit enfin d'une voix sourde :

— Personne.

Elle secoue furieusement la tête et repart plus vite, affolée du temps perdu, prête à pleurer d'angoisse.

C'est plus noir, de ce côté-là. Mais la pente douce est bonne pour courir, et elle court, elle court, occupée seulement de maintenir son chignon qui la gêne... Elle vient de heurter un couple paisible d'agents, qui remonte le boulevard. Le choc d'une épaule carrée a fait chanceler Minne, elle distingue des paroles bourrues :

— Qu'est-ce qui m'a fichu une sacrée petite bougresse...

Elle court, le vent siffle à ses oreilles, elle va droit devant elle. Le Frisé n'a pu que suivre les fortifications qui lui constituent un royaume disputé, un asile peu sûr... Au fond de la tranchée, un train rampe, dépasse Minne en versant sur elle un flot de fumée. Elle ralentit ses pieds fatigués, considère, tête basse, ses pantoufles, dont le nez effilé se coiffe déjà de boue, s'appuie à la grille pour suivre l'œil rouge du train : « Où suis-je ? »

À cinquante mètres, une baie d'ombre ferme la route, un portail noir, au faîte duquel passe une bête vive et longue, empanachée de fumée, trouée de feux rouges et jaunes...

« Encore un train ! Il passe au-dessus du boulevard. Je ne connaissais pas ce pont... Si c'est un de leurs asiles, *il* m'attend là ! »

Elle court, les lèvres tremblantes. Ses décisions se suivent, faciles, irréfutables. Comment n'y reconnaîtrait-elle point la seconde vue que dispense, seul, l'amour ?... Sa main, qui tient le faîte de son chignon, semble follement la soulever tout entière, de trois doigts délicats, et le vent, qui frappe son gosier, le dessèche...

La bouche noire du pont, qui grandit devant elle, ne l'effraie pas. Elle y devine le seuil d'une autre vie, l'approche sacrée des mystères... Des mèches déroulées, échappées à son peigne d'écaille, la suivent, horizontales, ou bien, retombées sur sa nuque, y palpitent, vivantes comme des plumes... Quelque chose a remué, plus noir que l'ombre rougeâtre, quelque chose d'assis à même le sol, sous le halo de brouillard irisé qui nimbe la flamme du gaz... Est-ce lui ?... Non !... Une femme accroupie, deux femmes, un homme très petit et malingre. Les pieds silencieux de Minne ne les ont pas avertis ; d'ailleurs, le pont vibre encore d'un grondement assourdi...

L'enfant qui courait force ses yeux à distinguer, parmi ces silhouettes atterrées, la stature plus noble de celui qu'elle poursuit. Il n'est pas là. Ceux-ci sont ses congénères, ses sujets peut-être : l'homme — une sorte d'enfant chétif, assis sur le trottoir — arbore le jersey connu, la molle casquette de drap qui colle au crâne. Derrière le groupe, une futaie de piliers cannelés s'enfonce :

« C'est comme à Pompéi », constate Minne, que l'ombre d'une colonne dérobe toute.

L'une des deux femmes vient de se lever ; elle porte le tablier, le corsage indigent et criard, le chignon en casque, d'un noir métallique, si lisse, si tendu qu'il miroite, en carapace d'insecte batailleur. Minne regarde avidement et compare ce qui lui manque, à elle, c'est ce chic particulier de coiffure dont pas un cheveu ne s'échappe, c'est ce corsage de laine rouge qu'un papillon de grossière dentelle agrafe au cou. C'est surtout ce je ne sais quoi, dans l'attitude, d'agressif et de découragé, ce cynisme et cette veulerie d'animal qui vit, se nourrit, se gratte et se satisfait en plein air... « Ceux-ci sont désormais les miens », se dit Minne, orgueilleuse. « Ils me diront, si je les questionne, où m'attend Le Frisé... »

La femme, qui s'est levée, étire ses bras masculins avec un bâillement rugissant : on voit un dos large, barré par la saillie du corset. Elle tousse convulsivement, et jure le nom de Dieu d'une voix épuisée.

« Il faut pourtant que je me décide ! » s'écrie Minne en elle-même. Le chignon assuré, les mains dans ses poches en cœur, elle sort de sa guérite d'ombre et s'avance, un pied au bord de la jupe :

— Pardon, mesdames, vous n'avez pas vu passer un homme, grand, qui se balance un peu en marchant ?

Elle a parlé haut, vite, en petite comédienne qui a plus de feu que d'expérience. Les deux créatures, collées du dos au mur, regardent stupidement cette enfant déguisée.

— Qu'est-ce que c'est que ça ? demande la voix épuisée de celle qui toussait.

— C'est une gosse, dit l'autre. Elle est rigolote.

En bas, le gringalet, ramassé en crapaud, rit par secousses, puis élève une voix nasillarde de bossu :

— Qui s' tu serches, la môme ?

Blessée, Minne abaisse sur l'avorton un regard royal :

— Je cherche Le Frisé.

L'avorton se lève, cérémonieux, en découvrant un crâne aux cheveux rares :

— Le Frisé, c'est moi, pour vous servir...

Au rire des deux femmes, Minne fronce les sourcils et va passer outre, quand le rôdeur s'approche davantage et lui glisse ces mots en confidence :

— Je suis frisé, mais ça ne se voit que dans l'intimité.

Puis, comme il avance vers la taille de Minne une main sournoise, elle frémit de tous ses nerfs et fuit, poursuivie une minute par un traînement de savates agiles, qu'interrompt la voix des deux femmes :

— Antonin ! Antonin ! laisse-la donc ; je te dis !

Ce n'est pas la peur qui fait bondir ainsi le cœur et les pieds ailés de Minne, mais l'orgueil offensé, la brûlure humiliée d'une reine étreinte par un valet. « Ils n'ont pas pressenti qui j'étais ! Malheur à eux s'ils m'appartiennent plus tard ! Je lui dirai, à lui... mais où le trouver, mon Dieu ?... » Elle marche vite, déjà trop lasse pour courir. Cette route et ce talus, depuis combien de temps les longe-t-elle ? Comme il y a peu de monde, cette nuit ! Où sont-ils tous ? Peut-être y a-t-il grand conseil dans une carrière ?... Elle veut s'asseoir sur un banc, pour vider ses pantoufles qui s'emplissent de sable, de petits cailloux pointus. Mais un couple serré, que désunit son approche, la chasse avec des paroles dont le sens lui demeure obscur...

Un « psst ! » jailli du talus l'arrête, l'attire :

— C'est vous ? crie-t-elle.

— Oui, c'est moi, répond une voix de fausset qu'on change exprès.

— Qui, vous ?

— Moi, voyons, moi, le chéri, la gueule en or...

— Ce n'est pas vous que je cherche ! réplique Minne sévèrement.

Elle repart, se range un peu plus loin pour laisser passer un troupeau de moutons petits sabots secs criblant le sol, bêlements en gamme disloquée, odeur caséeuse et pacifique... Minne entend le souffle des chiens qui vont et viennent, frôle les rondes croupes laineuses. Ils passent comme la grêle, et Minne peut croire un instant qu'ils ont emporté avec eux tous les bruits de la nuit... Mais un train bout au loin, s'élance, rageur, crachant derrière lui une mitraille de charbons rouges...

Le dos à un arbre, Minne a cessé de marcher. Elle se répète encore, pour lutter contre sa lassitude : « Je vais finir par le retrouver, en me renseignant... C'est ma faute, aussi ! j'ai perdu du temps à vouloir me faire belle !... A-t-il pu croire que j'aie douté ? Non, je n'ai pas douté ! Je ne doute pas de lui plus que de moi-même !

Redressée, balayant des deux mains ses cheveux d'argent, elle brave la nuit, car ses yeux recèlent assez d'ombre pour lutter en ténèbres avec elle... Elle lève ses pieds douloureux, regarde, à la lueur d'un gaz enfumé de brume, ses mains raides de froid, et rit toute seule, d'un petit rire ironique et triste :

« Si Maman était là, elle ne manquerait pas de dire : « Ma petite Minne, c'est bien la peine que je t'aie acheté des gants en lièvre blanc ! » Mais ce n'est pas de ça que je me soucie... Si, au moins, j'avais une brosse ou un linge, pour enlever la boue de mes pantoufles ? ... Paraître devant lui en pieds crottés ! »

Pour trouver un peu d'herbe où essuyer ses semelles, elle traverse l'avenue déserte et tressaille. Elle n'avait pas vu une femme qui arpente, d'un pas morne de bête accoutumée à ne point trouver d'issue à sa cage, le sable mou. Celle-ci porte le casque de cheveux, armure d'amour et de bataille, le tablier de cotonnade et des souliers à bouffettes, pitoyables dans les flaques...

— Madame ! crie Minne résolument, car la créature s'éloigne, jalouse de sa solitude de fauve peureux, qui chasse seul et se contente des bas gibiers... Madame !...

La femme se retourne, mais continue à s'éloigner à reculons. C'est un être hommasse et carré, avec une figure violacée, de petits yeux porcins et méfiants... Minne, qui lui trouve quelque ressemblance avec Célénie, reprend sa plus royale assurance et parle du haut de sa tête décoiffée :

— Madame, voilà... Je me suis égarée. Pouvez-vous me dire le nom de cette avenue ?

Une voix sans timbre, comme celle des chiens de ferme qui couchent dehors, répond, après un silence :

— C'est écrit sur les plaques, que je pense !

— Je sais bien, dit Minne impertinente. Mais je ne connais pas du tout le quartier. Je cherche quelqu'un... Et quelqu'un que vous connaissez sûrement, madame !

— Quelqu'un que je connais ?

L'être hommasse répète les derniers mots de Minne, d'un parler épais où traîne un vague accent de terroir.

— Je connais pas grand monde...

Minne veut rire, et tousse parce qu'elle a froid :

— Ne faites donc pas de cachotteries avec moi ! je suis des vôtres, ou je vais en être !

La femme, qui conserve sa distance, n'a pas l'air d'avoir compris. Elle lève la tête vers le ciel noir et dit, pour dire quelque chose :

— Y aura de la pluie avant le jour...

Minne frappe du pied. De la pluie ! Bête inférieure ! La pluie, le vent, la foudre, est-ce que tout cela compte ? Il y a seulement des heures de nuit et des heures de jour. Le jour, on dort, on fume, on rêve... Mais, sous la nuit, tente veloutée, on tue, on aime, on secoue les pièces d'or encore poissées de sang... Ah ! trouver Le Frisé, oublier dans ses bras une enfance asservie, obéir passionnément à lui, à lui seul !... Minne piaffe, hume la nuit, reprise de fièvre et d'enthousiasme...

— T'as l'air bien jeune, murmure la voix sourde de chien de garde enroué.

Minne regarde la femme de haut, entre ses cils :

— Très jeune ! j'aurai seize ans dans huit mois.

— Dépêche-toi de les avoir, c'est plus sûr.

— Ah !

— Tu travailles toute seule ?

— Je ne travaille pas, dit Minne fièrement. Les autres travaillent pour moi.

— T'as bien de la veine... C'est des sœurs plus petites ou plus grandes que toi ?

— Je n'ai pas de sœurs. Et puis qu'est-ce que ça vous fait ? Si vous vouliez seulement me dire... Je cherche Le Frisé. J'ai quelque chose à lui dire, quelque chose de tout à fait sérieux.

Le monstre triste s'est rapproché pour regarder cette petite fille frêle, qui parle là comme chez elle, qui est accoutrée comme un carnaval et dépeignée que c'en est honteux, et qui demande « Le Frisé »...

— Le Frisé ? quel donc Frisé ?

— Le Frisé, voyons ! Celui qui était avec Casque-de-Cuivre, le chef des Aristos de Levallois-Perret.

— Celui qui était avec Casque-de-Cuivre ? Celui qui... Est-ce que je connais des espèces comme ça ?

Qu'est-ce qui m'a foutu une petite gadoue pareille ?

— Mais...

— Tâche moyen de savoir, petite saloperie, que je suis une honnête femme, et qu'on n'a jamais vu traîner un marlou dans mes jupes depuis l'exposition de 89 !... Ça n'a pas plus de poils que ma main, et ça parle de bande, et de Frisé, et de ci et de ça et de l'autre ! Veux-tu me fiche le camp, et vivement ! ou je t'en mets une de frisure, qui ne sera pas ordinaire !

… « Voila une chose inouïe ! »

Minne, hors de souffle, s'est assise au bord du trottoir, délivrée enfin de la poursuite affreuse de la mégère, qui a couru sur elle, avec des bonds de batracien, des menaces incompréhensibles… Minne, affolée, s'est jetée de l'autre côté du boulevard, dans une petite rue, puis dans une autre, jusqu'à ce boyau noir et désert, où le vent chante comme à la campagne et gèle les épaules moites de Minne, qui serre les coudes, tousse et tâche de comprendre…

« Oui, c'est extraordinaire ! On me traite partout en ennemie ! Il y a trop de choses qui m'échappent… Tout de même, il y a bien longtemps que je suis sur mes jambes je n'en peux plus… »

L'accablement plie son dos, penche sa tête, gerbe en désordre, vers ses genoux ; pour la première fois depuis sa fuite, Minne se souvient d'un lit tiède, d'une chambre blanche et rose… Elle a honte, à se sentir accroupie et lâche, la robe crottée et l'échine tendue… Tout est à recommencer. Il faut rentrer, espérer de nouveau la venue du Frisé, de nouveau s'échapper, parée, fiévreuse. Ah ! que, du moins, vienne cette nuit-là, complète, débordante d'amour ! Qu'un bras, dont elle devine la force traîtresse, guide ses premiers pas, qu'une main infaillible lève, un à un, tous les voiles qui cachent l'inconnu, car Minne se sent épuisée jusqu'au sommeil, jusqu'à la mort…

… Le silence l'éveille, le froid aussi. « Où suis-je ? » Pour quelques minutes d'assoupissement au bord d'un trottoir, la voici éperdue, séparée du monde réel, inconsciente de l'heure, prête à croire qu'un cauchemar l'a portée dans un de ces pays où le seul visage des choses immobiles suffit à créer une terreur sans nom…

Qu'est devenue la Minne sauvage, l'amante d'un assassin fameux, la reine du peuple rouge ? Petit oiseau maigre, elle grelotte sous sa chemisette rose d'été, toussote, tourne sur place, avec des yeux noirs effarés, de grands cheveux blonds, décoiffés et tristes. Sa bouche tremble pour retenir aussi le mot qui devrait guérir toutes les épouvantes, appeler l'étreinte, la lumière, l'abri : « Maman… » Ce mot-là, Minne ne le criera que si elle se sent mourir, si des bêtes effroyables l'emportent, si son sang, par sa gorge ouverte, s'épand comme une étoffe tiède… Ce mot-là, c'est le dernier recours, il ne faut pas l'user en vain !

Elle se remet en route courageusement en ressassant des choses raisonnables :

« Je vais regarder le nom de la rue, n'est-ce pas ? » et puis je retrouverai le chemin de la maison, et puis je rentrerai tout doucement, et puis ce sera fini... »

Au coin du boyau désert, elle se dresse sur la pointe des pieds, pour lire : « Rue... rue... qu'est-ce que c'est que cette rue-là ?... La suivante, peut-être que je la reconnaîtrai... »

La suivante est déserte, bossuée de pavés disjoints, d'immondices en tas... Une autre rue, une autre, une autre, qui portent des noms baroques... Et Minne demeure atterrée, les mains pendantes, envahie peu à peu d'une crainte folle : « On m'a transportée, pendant mon sommeil, dans une ville inconnue !... Si encore je rencontrais un sergent de ville... Oui, mais... Faite comme je suis, il commencera par me mener au poste... »

Elle marche encore, s'arrête, le cou renversé, pour lire des noms de rues, elle hésite, revient sur ses pas, cherche avec désespoir l'issue du labyrinthe...

« Si je m'assieds, je mourrai là. »

Cette pensée soutient les pas de Minne. Non que l'idée de la mort l'effraie ; mais elle voudrait, petit animal perdu et souffrant, finir en son gîte...

Le froid plus vif, le vent qui s'éveille, des bruits lents et lointains de charrettes, tout cela sent le matin proche, mais Minne n'en sait rien. Elle marche, insensible ; elle boite, parce que ses pieds lui font mal et que l'une de ses pantoufles rouges a perdu un talon... Soudain, elle s'arrête, tend l'oreille : un pas s'approche, que rythme gaiement un refrain fredonné...

C'est un homme. Un « monsieur » plutôt. Il marche, un peu lourd, un peu vieux, dans une pelisse à col fourré qui l'engonce. Toute l'âme de Minne se relève :

« Qu'il a l'air bon ! qu'il est rassurant ! que sa pelisse fourrée doit être chaude et douce ! De la chaleur, mon Dieu, un peu de chaleur ! il me semble que cela me manque depuis si longtemps !... »

Elle va courir, se jeter vers l'homme comme vers un grand-père, lui balbutier en pleurant qu'elle s'est perdue, que maman saura tout si le jour vient... Mais elle se reprend, avec la prudence que donne un long malheur : si l'homme, incrédule, allait la chasser ?... Sous la pluie fine qui commence à tomber, Minne rajuste, comme elle peut, sa chevelure humide, repasse d'une main gourde les plis de son tablier rose, tâche de prendre l'air bien naturel et pas autrement gêné, mon Dieu, d'une jeune fille de bonne famille qui a perdu son chemin en se promenant...

« Je vais lui dire..., comment déjà ? Je vais lui dire : « Pardon, monsieur, vous seriez bien aimable de m'indiquer le chemin du boulevard Berthier... »

L'homme est si proche qu'elle peut sentir l'odeur de son cigare. Elle sort de l'ombre, s'avance sous le gaz verdâtre :

— Pardon, monsieur...

À la vue de cette mince silhouette, de ces cheveux de paille argentée, le promeneur s'est arrêté... « Il se méfie », soupire Minne, et elle n'ose pas continuer la phrase préparée...

— Qu'est-ce qu'elle fait là, cette petite fille ?

C'est l'homme qui a parlé, un peu pâteux, mais extrêmement cordial.

— Mon Dieu, monsieur, c'est bien simple...

— Oui, oui. Elle m'attendait, la fifille ?

— Vous vous trompez, monsieur...

La pauvre douce voix de Minne !... Elle recommence à avoir peur, une peur d'enfant retrouvée et reperdue...

— Elle m'attendait, reprend la voix engageante d'ivrogne heureux. La fifille a froid, elle va me mener près d'un bon feu !

— Oh ! je voudrais bien, monsieur, mais...

L'homme est tout près : on voit, sous le chapeau haut de forme, des pommettes rouges, une barbe de foin grisonnant.

— Mâtin de mâtin ! qu'est-ce que c'est donc qu'une enfant comme ça ? Dis-moi ton âge ?

Il souffle l'eau-de-vie, le cigare, il respire court et fort. Minne, désespérée, recule un peu, se colle au mur, essaie encore d'être gentille, de ne pas le contrarier...

— Je n'ai pas tout à fait quinze ans et demi, monsieur. Voilà ce qui s'est passé je suis sortie de chez Maman...

— Hein ! hennit-il. La fifille va me raconter tout ça, devant un bon feu, sur mes genoux...

Un bras capitonné de fourrure étreint la taille de Minne, que la force abandonne... Mais l'haleine chargée de cigare et d'alcool, sur sa figure, galvanise son évanouissement d'un tour d'épaules elle se rend libre et, fière, redevenue l'infante blonde qui terrorisait Antoine :

— Monsieur, vous ne savez pas à qui vous parlez !

Il hennit plus doucement :

— Ça va bien, ça va bien ! La fifille aura tout ce qu'elle voudra. Allons, petite chérie... Mimi...

— Je ne m'appelle pas Mimi, monsieur !

Comme il marche sur elle, elle bondit et recommence à courir... Mais sa pantoufle boiteuse la quitte à chaque pas et il lui faut ralentir, s'arrêter...

« Il est vieux, il ne pourra pas me suivre... »

Au premier tournant, elle souffle, écoute avec terreur... Rien... Oh ! si... un cliquettement de talons et de canne, et, tout de suite, surgit le vieux, qui emboîte le pas, s'acharne, murmure en hennissant :

— Petite chérie... tout ce qu'elle voudra... Elle me fait courir, mais j'ai de bonnes jambes...

L'enfant perdue se traîne comme une perdrix dont l'aile cassée pend. Il n'y a plus qu'une pensée sous son front douloureux : « Peut-être qu'en marchant si longtemps j'arriverai à la Seine, et alors je me jetterai dedans. » Elle croise sans les voir des voitures de laitier, des tombereaux lents où le charretier dort... Sous le rayon d'une lanterne, Minne vient d'entrevoir le visage du vieux, et son cœur s'est arrêté : le père Corne ! il ressemble au père Corne !

« Je comprends ! je comprends à présent ! je fais un rêve ! Mais comme il dure longtemps, et comme j'ai mal partout ! Pourvu que je m'éveille avant que le vieux m'attrape ! » Un dernier, un suprême élan pour courir... Elle manque le bord du trottoir, tombe, les genoux meurtris, se relève gainée de boue, une joue souillée...

Avec un grand soupir abandonné, elle regarde autour d'elle, reconnaît, sous une aube vague et grise, ce trottoir, ces arbres nus, ce talus pelé... C'est... non... si ! C'est le boulevard Berthier...

— Ah ! crie-t-elle tout haut, c'est la fin du rêve ! Vite, vite que je m'éveille à la porte !

Elle se traîne, elle arrive : la porte est entrouverte comme hier soir... Minne appuie ses deux mains au vantail qui cède, et roule évanouie sur la mosaïque du vestibule.

𝒜ntoine dort. Le sommeil transparent du petit matin lui tend et lui retire tour à tour mille beautés, qui toutes s'appellent Minne, et dont pas une ne ressemble à Minne. Pitoyables à sa timidité de garçon tout neuf ; elles ont des précautions de mères, des sourires de sœurs, puis des caresses qui ne sont ni fraternelles ni maternelles... Et tout ce facile bonheur s'empoisonne peu à peu : il y a quelque part, pendue dans les nuages roses et bleus, une horloge qui va sonner sept heures, précipitant Antoine, la tête la première, en bas de son paradis de Mahomet.

Adieu, beautés ! D'ailleurs, il rêvait sans espoir... Voici la sonnerie redoutée, les sept coups stridents qui vibrent jusque dans le creux de l'estomac. Ils persistent, se prolongent en grelottement rageur de timbre, si réel qu'Antoine, éveillé pour de bon, se dresse, hagard comme Lazare ressuscité :

« Mais, bon Dieu ! c'est à la porte d'entrée qu'on sonne ! »

Antoine tombe dans ses pantoufles, enfile son pantalon à tâtons :

« Papa se lève... Quelle heure peut-il être ? Elle est raide, celle-là... »

Il ouvre sa porte : par le corridor arrive une voix pleurarde, que la hâte entrecoupe, et, tout de suite, Antoine sent trembler ses joues d'un singulier frisson au seul nom entendu de « Mademoiselle Minne ».

— Antoine ! de la lumière, mon garçon !

Antoine cherche la bougie, casse une allumette, puis deux... « Si la troisième ne prend pas, c'est que Minne sera morte... »

Dans l'antichambre, Célénie achève et recommence un récit qui ressemble à un fragment de roman-feuilleton :

— Elle était là par terre, monsieur, évanouie, et faite !... De la boue jusque dans les cheveux, sans chapeau, sans rien. Pour moi, je n'ai pas d'avis, n'est-ce pas ! mais mon idée, c'est qu'on l'a enlevée, qu'on lui a fait les mille et une abominations, et qu'on l'a rapportée pour morte...

— Oui..., dit machinalement l'oncle Paul, qui croise et décroise son pyjama marron.

— Toute mouillée, monsieur, toute pleine de boue !

— Oui... Fermez donc votre porte ! J'y vais.

— Je vais avec toi, papa... supplie Antoine en claquant des dents.

— Mais non, mais non ! tu n'as rien à faire là-bas, mon garçon ! C'est une histoire de l'autre monde que Célénie nous raconte là ! On n'enlève pas les filles dans leur chambre !

— Si, papa ! je te dis que j'y vais !

Il crie presque, au bord d'une attaque de nerfs. Il a tout compris, lui ! Tout était vrai, et Minne n'a pas menti ! Les nuits sur les talus, les amours inavouables, le monsieur à la dangereuse carrière, tout, tout ! Et voici venue la fin logique du drame : Minne souillée, blessée à mort, agonise là-bas…

Devant la porte de la chambre de Minne, Antoine attend, l'épaule appuyée au mur. De l'autre côté de cette porte, l'oncle Paul et Maman, penchés sur le lit taché de boue, achèvent une effrayante recherche : la lampe, au bout du bras de Maman, chancelle…

— Mais, bon Dieu ! on n'y a pas touché ! Elle est plus intacte qu'un bébé… Si j'y comprends quelque chose !

— Tu es sûr, Paul ? tu es sûr ?

— Ça oui ! il n'y a pas besoin d'être bien malin ! Tiens donc ta lampe !… Allons, bon ! trouve-toi mal, à présent !…

— Non, laisse : ça va bien…

Maman sourit, d'un bienheureux sourire à lèvres blanches ; Antoine, qui s'attendait à une Maman en larmes, en cris, folle, vociférataire, ne sait que penser, quand elle lui ouvre enfin la porte…

— C'est toi, mon pauvre petit ? Entre donc… Ton père vient de… de l'ausculter, tu comprends…

D'une main ferme, elle tient un mouchoir humecté d'éther sous les narines de Minne… Minne, mon Dieu ! est-ce bien Minne ?… Il y a, sur le lit — le lit non défait — une petite pauvresse en tablier rose tout empesé de boue, une petite pauvresse aux pieds raidis, dont l'un garde encore une pantoufle rouge sans talon… De la figure à demi cachée par le mouchoir, on ne distingue que la barre noire des deux paupières fermées…

— Elle respire bien, dit l'oncle Paul. Un peu enrhumée. Je ne lui vois rien que de la fièvre… On saura le reste plus tard.

Une plainte l'interrompt… Maman se penche, avec un élan de mère-chienne farouche.

— Tu es là, maman ?

—Mon amour ?

— Tu es là… pour de vrai ?

— Oui, mon trésor.

— Qui est-ce qui parle ? ils sont partis ?

— Qui ? dis-moi qui ? ceux qui t'ont fait du mal ?

— Oui... le père Corne... et l'autre ?

Maman soulève Minne, l'assied contre son cœur. Antoine reconnaît à présent la tête pâle sous ses cheveux blonds, tout gris de boue séchée. Ces cheveux qui ont changé de couleur, cette souillure qui a l'air d'un vieillissement soudain... Antoine éclate en sanglots pressés qui font mal à mourir...

— Chut ! dit Maman...

Au bruit des sanglots, les paupières fermées de Minne toutes bleues dans son visage de cire se soulèvent... Beaux yeux profonds sous le noble sourcil, égarés de ce qu'ils ont vu, ce sont bien les yeux de Minne ! Ils roulent vers le plafond, puis s'abaissent vers Antoine, qui pleure debout et sans mouchoir... Un rose brûlant enflamme ses joues pâles ; elle semble faire un effort terrible, s'accroche à Maman, tend vers Antoine ses mains fragiles et maculées...

— Tu sais, Antoine, ce n'était pas vrai ! ce n'est pas vrai ! rien n'était vrai ! N'est-ce pas, tu ne crois pas que c'était vrai ?

D'un grand hochement de tête, il fait « non, non » en reniflant ses larmes... Ce qu'il croit, effondré, c'est que cette enfant charmante a servi de jouet consentant, de poupée vicieuse, puis épouvantée, puis brutalisée, à un, à plusieurs misérables peut-être ?

Il pleure sur Minne, il pleure aussi sur lui-même, puisqu'elle est perdue, avilie, marquée à jamais d'un sceau immonde...

DEUXIÈME PARTIE

« Je vais coucher avec Minne ! »

Le petit baron Couderc énonça cette résolution d'une voix distincte et concentrée, puis rougit violemment et releva son col de fourrure. La canne au port d'armes, il parut vouloir conquérir cette steppe vaste et morne où l'on plonge au sortir de l'aveuglante rue Royale, en de fumeuses ténèbres. On ne vît plus de lui qu'un peu de nuque court tondue blonde, et un nez insolent de petite gouape distinguée. Sous les arbres de l'avenue Gabriel, il osa répéter, défiant un dos frileux de sergent de ville : « Je vais coucher avec Minne !... C'est drôle, à part l'Anglaise de mon petit frère, la première de toutes, jamais une femme ne m'a impressionné comme ça... Minne n'est pas une femme comme les autres... »

En approchant de la rue Christophe-Colomb, il ne pensa plus qu'aux gâteaux à disposer, à la bouilloire électrique, au déshabillage, surtout, qu'il souhaitait rapide, aisé, qu'il eût voulu escamoter. Sa grande jeunesse commença de le gêner. On est le petit baron Couderc, que les dames de chez Maxim's traitent tendrement de « petite frappe » ; on a un nez qui oblige à l'insolence, des yeux bleus moqueurs, myopes, une bouche faubourienne et fraîche ; mais... on ne peut pas toujours oublier qu'on n'a que vingt-deux ans...

— Monsieur le baron, cette dame est là, lui murmura le valet de chambre.

« Bon Dieu ! elle est déjà là ! Et les gâteaux ! et les fleurs ! et tout !... Ça va être fichu comme quatre sous... Pourvu que le feu marche au moins ! »

Elle était là comme chez elle, son chapeau enlevé, assise devant le feu. Sa robe simple couvrait ses pieds ; ses cheveux blonds en casque, électrisés par la gelée, la nimbaient d'argent une jeune fille des gravures anglaises, ses mains croisées sur les genoux... Et quelle gravité enfantine sur ces traits d'une finesse presque trop précise ! Antoine, son mari, lui disait souvent : « Minne, pourquoi as-tu l'air si petite quand tu es triste ? »

Elle leva les yeux sur le blondin qui entrait, et lui sourit. Son sourire lui faisait une figure de femme. Elle souriait avec une expression à la fois hautaine et prête à tout, qui donnait aux hommes l'envie d'essayer n'importe quoi...

— Oh ! Minne ! comment me faire pardonner ?... Est-ce que je suis réellement en retard ?

Minne se leva et lui tendit sa main étroite, déjà dégantée :

— Non, c'est moi qui suis en avance.

Ils parlaient presque de la même voix, lui avec une manière parisienne de hausser le ton, elle d'un soprano posé et ralenti...

Il s'assit près d'elle, démoralisé par leur solitude. Plus d'amis en galerie malveillante, plus de mari, — inattentif, le mari, c'est vrai, mais on pouvait au moins se donner en sa présence des joies d'écoliers malicieux : les mains qu'on effleure sous la soucoupe à thé, la moue du baiser qu'on échange derrière le dos d'Antoine... Hier encore, le petit baron Jacques pouvait se dire : « Je les roule, ils n'y voient tous que du feu ! » Aujourd'hui, il est seul avec Minne, cette Minne qui arrive, tranquille, au premier rendez-vous, en avance !

Il lui baisa les mains, en l'examinant furtivement. Elle pencha la tête et sourit de son sourire orgueilleux et équivoque... Alors, il se jeta goulûment vers la bouche de Minne et la but sans rien dire, mi-agenouillé, si ardent tout à coup que l'un de ses genoux trépida, d'une danse inconsciente...

Elle suffoquait un peu, la tête en arrière. Son casque blond pesait sur les épingles, près de couler en flot lisse...

— Attendez ! murmura-t-elle.

Il desserra les bras et se mit debout. La lampe éclaira en dessous son visage changé, les narines pâlies, la bouche mordue et vive, le menton frais et tremblant, tous les traits enfantins encore, vieillis par le désir qui délabre et ennoblit.

Minne, restée assise, le regardait, obéissante et anxieuse... Comme elle affermissait son chignon, son ami lui prit les poignets :

— Oh ! ne te recoiffe pas, Minne !

Sous le tutoiement, elle rougit un peu, offusquée et contente, et baissa ses cils plus foncés que ses cheveux.

« Peut-être que je l'aime ? » songea-t-elle secrètement.

Il s'agenouilla, les mains tendues vers le corsage de Minne, vers la complication évidente de ses agrafes, les doubles boutonnières de son col droit glacé d'empois. Elle vit, à la hauteur de ses lèvres, la bouche entrouverte de Jacques, une bouche d'enfant haletant que la soif d'embrasser séchait. Les bras au cou de son ami agenouillé, elle baisa de bon cœur cette bouche, gentiment, en sœur trop tendre, en fiancée qu'enhardit l'innocence ; il gémit et la repoussa, les mains fiévreuses et maladroites :

— Attendez ! répéta-t-elle.

Debout, elle commença posément de défaire le col blanc, la chemisette de soie, la jupe plissée qui tomba tout de suite. Elle sourit, à demi tournée vers Jacques :

— Croyez-vous que c'est lourd, ces jupes plissées !

Il s'empressait pour ramasser la robe.

— Non, laissez ! je quitte mon jupon et ma jupe ensemble, l'un dans l'autre : c'est plus facile à remettre, vous voyez ?

Il fit signe, de la tête, qu'il voyait en effet. Il voyait Minne en pantalon, qui continuait son déshabillage tranquille. Pas assez de croupe pour évoquer la p'tite femme de Willette, pas assez de gorge non plus. Jeune fille, toujours, à cause de la simplicité des gestes, de la raideur élégante, et aussi à cause du pantalon à jarretière qui méprisait la mode, un pantalon étroit précisant le genou sec et fin.

— Jambes de page ! des merveilles ! jeta-t-il tout haut, et la palpitation de son cœur rendait ses amygdales grosses et douloureuses.

Minne fit la moue, puis sourit. Une subite pudeur sembla l'oppresser, quand elle dut dénouer ses quatre jarretelles ; mais, une fois en chemise, elle reconquit son calme et rangea méthodiquement, sur le velours de la cheminée, ses deux bagues et le bouton de rubis qui fixait son col à sa chemisette.

Elle se vit dans la glace, pâle, jeune, nue sous la chemise fine ; et, comme son casque d'argent à reflets d'or chancelait d'une oreille à l'autre, elle défit et aligna ses épingles d'écaille. Une mèche bouffante demeura en auvent au-dessus de son front, et elle dit :

— Quand j'étais petite, maman me coiffait comme ça...

Son ami l'entendit à peine, bouleversé de voir Minne à peu près nue, et soulevé, noyé d'une immense, d'une amère vague d'amour, d'amour vrai, furieux, jaloux, vindicatif.

— Minne !

Saisie de l'accent nouveau, elle s'approcha, voilée de cheveux blonds, les mains en coquilles sur ses seins si petits.

— Quoi donc ?

Elle était contre lui, tiède d'avoir quitté sa robe lourde, et son parfum aigu de verveine citronnelle faisait penser à l'été, à la soif, à l'ombre fraîche...

— O Minne, sanglota-t-il, jure-le-moi ! Jamais, pour personne...

— Pour personne ?

— Pour personne, devant personne, tu n'as rangé ainsi tes épingles et tes bagues, jamais tu n'as dit que ta mère te coiffait comme ça, jamais tu n'as, enfin, tu n'as...

Il la tenait dans ses bras, si fort qu'elle plia en arrière comme une gerbe qu'on lie trop serré, et ses cheveux frôlèrent le tapis.

— Vous jurer que je n'ai jamais... Oh ! que vous êtes bête !

Il la garda contre lui, ravi du mot. Toute renversée sur son bras, il la contempla de près, curieux du grain de la peau, des veines des tempes, vertes comme des fleuves, des yeux noirs où danse la lumière... Il se souvint d'avoir regardé avec la même passion la nacre bleue, les antennes plumeuses, toutes les merveilles d'un beau papillon vivant, capturé un jour de vacances... mais Minne se laissait déchiffrer sans battre des ailes...

Une pendule sonna, et ils tressaillirent ensemble.

— Déjà cinq heures ! soupira Minne. Il faut nous dépêcher.

Les deux bras de Jacques descendirent, caressèrent les hanches fuyantes de Minne, et l'égoïsme vaniteux de son âge faillit se trahir tout dans un mot :

— Oh ! moi, je...

Il allait dire, jeune coq fanfaron : « Moi, j'aurai toujours le temps ! » Mais il se reprit, honteux devant cette enfant qui lui apprenait à la fois, en quelques minutes, la jalousie, le doute de soi-même, une petite convulsion du cœur inconnue, et cette paternité délicate qui peut éclore, chez un homme de vingt ans, devant la nudité confiante d'un être fragile, que l'étreinte fera peut-être crier...

Minne ne cria pas. Jacques vit seulement, sous ses lèvres, un extraordinaire et pur visage d'illuminée, des yeux noirs, agrandis, qui regardaient loin, plus loin que la pudeur, plus loin que lui-même, avec l'expression ardente et déçue de sœur Anne en haut de la tour. Minne, terrassée sur le lit, subit son amant en martyre avide qu'exaltent les tortures, et chercha, d'une cambrure fréquente et rythmée de sirène, le choc de sa fougue... Mais elle ne cria pas, ni de douleur, ni de plaisir, et, quand il retomba le long d'elle, les yeux fermés, les narines pincées et pâles, avec un souffle sanglotant, elle pencha seulement, pour le mieux voir, sa tête qui versait hors du lit un flot tiède et argenté de cheveux blonds...

...Ils durent se quitter, encore que Jacques la caressât avec une folie d'amant qui va mourir, et qu'il baisât sans fin ce corps effilé qu'elle ne défendait guère ; tantôt, étonné, il en suivait les contours lentement, d'un index précautionneux qui dessine, tantôt il serrait entre ses genoux les genoux de Minne, jusqu'à la meurtrir ; ou bien il jouait, cruel et affolé, à effacer sous ses paumes la saillie faible des seins... Il la mordit à l'épaule, tandis qu'elle se rhabillait ; elle gronda tout bas et vira vers lui d'un fauve mouvement... Puis elle rit tout à coup, et s'écria :

— Oh ! ces yeux ! ces drôles d'yeux que vous avez !

Dans la glace, il se trouva une drôle de figure, en effet les orbites creuses, la bouche gonflée et rouge, les cheveux en mèches sur les sourcils, un air, enfin, de noce triste, avec quelque chose en plus, quelque chose de brûlant et d'éreinté, qu'on ne peut pas dire...

— Méchante, va ! Laisse-moi voir les tiens ?

Il la prit par les poignets ; mais elle se dégagea, et le menaça d'un sévère petit doigt tendu.

— Si vous ne me laissez pas partir, je ne reviens plus !... Dieu ! ça va être affreux, dehors, après ce bon dodo chaud, et ce feu, et cette lampe rose...

— Et moi, Minne ? me ferez-vous la grâce de me regretter, après la lampe rose ?

— Ça dépend ! dit-elle en coiffant sa toque piquée de camélias blancs. Oui, si vous me trouvez un fiacre tout de suite.

— La station est tout près, soupira Jacques en brossant ses cheveux au petit bonheur. Zut ! il n'y a plus d'eau chaude !

— C'est bien rare qu'il y ait assez d'eau chaude... murmura Minne, distraite.

Il la regarda, les sourcils hauts, reprenant peu à peu, avec ses habits, sa figure de « petit baron Couderc » :

— Ma chère amie, vous dites quelquefois des choses, des choses... qui me feraient douter de vous, ou de mes oreilles !

Minne ne jugea pas nécessaire de répondre. Elle se tenait sur le seuil, fine et modeste dans sa robe sombre, les yeux absents, déjà partie.

« Encore un ! » songe Minne crûment.

D'une épaule rageuse, elle s'accote au drap décoloré du fiacre et renverse la tête, non par crainte d'être vue, mais par horreur de tout ce qui passe dehors.

« Voilà, c'est fait... Encore un ! Le troisième, et sans succès. C'est à y renoncer. Si mon premier amant, l'interne des hôpitaux, ne m'avait pas affirmé que je suis « parfaitement conformée pour l'amour », j'irais consulter un grand spécialiste... »

Elle se remémore tous les détails de son bref rendez-vous, et serre les poings dans son manchon.

« Enfin, voyons ! ce petit, il est gentil comme tout ! Il meurt de plaisir dans mes bras, et moi, je suis là à attendre, à dire : « Évidemment, ce n'est pas désagréable..., mais montrez-moi ce qu'il y a de mieux ! »

« ... C'est comme mon second, cet Italien qu'Antoine avait connu chez Pleyel, allons..., celui qui avait des dents jusqu'aux yeux... Diligenti !... Quand je lui ai demandé, chez lui, ce qu'on appelait dans les livres des « pratiques infâmes », il a ri, et il a recommencé ce qu'il venait de faire !... Voilà ma veine, voilà ma vie jusqu'à ce que j'en aie assez !... »

Elle ne pense à Antoine, en cette minute-là, que pour le charger d'une vague et inutile responsabilité : « C'est sa faute, je parie, si je ressens autant de plaisir que... ce strapontin. Il a dû me fausser quelque chose de délicat. »

« Pauvre Minne... » soupire-t-elle. Le fiacre atteint la place de l'Étoile. Dans quelques minutes, elle sera chez elle, avenue de Villiers, tout près de la place Pereire... Elle traversera le trottoir glacé, franchira l'escalier surchauffé qui sent le ciment frais et le mastic — et puis les grands bras d'Antoine, sa joie canine... Elle baisse la tête, résignée. Il n'y a plus d'espoir pour aujourd'hui.

Deux ans de mariage, et trois amants... Des amants ? peut-elle les nommer ainsi dans son souvenir ? Elle ne leur accorde qu'une indifférence faiblement vindicative, à ceux-là qui ont goûté près d'elle le convulsif et court bonheur qu'elle cherche avec une persistance déjà découragée. Elle les oublie, les relègue dans un coin gris de sa mémoire, où s'effacent leurs traits, presque leurs noms... Un seul souvenir net, d'une neuve couleur de coupure fraîche : la nuit de ses noces.

Minne dessinerait encore du doigt, sur le mur de sa chambre, l'ombre qui y caricaturait Antoine, cette nuit-là : un dos bossu d'effort, des cheveux en mèches cornues, une courte barbe de satyre, toute l'image fantastique d'un Pan besognant une nymphe.

Au cri aigu de Minne blessée, Antoine avait répondu par une manifestation idiote de joyeuse gratitude, de soins émus, de dorlotements fraternels... il était bien temps !

Elle claquait tout bas des dents et ne pleurait pas. Elle respirait avec surprise cette odeur d'homme nu. Rien ne l'enivrait, pas même sa douleur — il y a des brûlures de fer à friser qui sont autrement insupportables — mais elle espérait mourir, sans trop y croire... Son mari tout neuf, son ardent et maladroit mari s'étant endormi, Minne avait tenté, timidement, de s'évader des bras encore fermés sur elle. Mais ses doux cheveux de soie, mêlés aux doigts d'Antoine, la tenaient captive. Tout le reste de la nuit, la tête tirée en arrière, Minne avait songé, immobile et patiente, à ce qui lui arrivait la, aux moyens d'arranger les choses, à l'erreur profonde d'avoir épousé cette espèce de frère...

« C'est la faute de Maman, quand on y réfléchit bien... Cette pauvre Maman ! elle était restée persuadée que je portais écrit sur mon front : « Voici la fille qui a découché !... » Découché ! pour ce que ça m'a rapporté ! J'ai eu beau lui dire que je n'avais rencontré sur ma route que deux femmes, un vieux, et un gros rhume... L'oncle Paul me bat froid, depuis que Maman est morte, comme si j'étais la cause de sa mort... Pauvre Maman ! elle n'a rien trouvé de mieux à me dire, avant de nous quitter, que : « Épouse Antoine, ma chérie : il t'aime, et tu ne peux guère en épouser un autre... » Allons donc ! je pouvais en épouser trente-six mille autres, n'importe quel autre, pourvu que ce ne fût pas celui-là ! ... »

Minne, depuis son mariage, vit close dans son passé, sans se douter qu'il n'est pas normal, chez une femme presque enfant, de commencer ses méditations par « Autrefois... »

Du rêve qui l'emportait naguère vers l'avenir, vers Le Frisé, vers le monde obscur qui s'agite, la nuit, dans l'ombre des fortifications, elle semble s'être réveillée, effarée, sans mémoire précise. Elle a gardé son habitude de songer longuement, les yeux tendus vers l'Aventure... Mais, déçue, humiliée, renseignée, elle commence à deviner que l'Aventure, c'est l'Amour, et qu'il n'y en a pas d'autre. Mais quel amour ? « Oh ! supplie Minne en elle-même, un amour, n'importe lequel, un amour comme tout le monde, mais un vrai, et je saurai bien, avec celui-là, m'en créer un qui soit digne de moi seule !... »

« Ah ! je le savais bien, que ce coup de sonnette-là, c'était ma Minne ! Je parie que tu vas m'en vouloir, parce que tu es en retard ! »

Elle sourit, encore qu'elle n'ait guère envie de rire, de savoir si prévue, et si respectée, son injuste humeur. Au fond, elle retrouve sans déplaisir ce grand garçon à figure chevaline, beau, si l'on veut, et qui habille sa jeune figure d'une barbe sérieuse. « Au moins, songe-t-elle en dénouant sa voilette, je suis sûre de celui-ci : je n'en attends plus rien. C'est quelque chose, au point où j'en suis. »

– Pourquoi « en retard » ? On dîne ici, je suppose ?

Antoine lève des bras scandalisés qui touchent presque le plafond :

– Bon Dieu ! et les Chaulieu ?

– Ah ! dit Minne.

Et elle reste plantée, la voilette tendue entre ses doigts fins, si délicieuse avec sa figure d'enfant grondée qu'Antoine se jette sur elle, la soulève de terre, veut l'embrasser ; mais elle se dégage vite, les yeux refroidis :

— C'est ça, va ! retarde-moi encore ! D'ailleurs, on dîne tellement tard chez eux... Nous ne serons jamais les derniers !

Elle glisse vers la porte de sa chambre et se retourne, les lèvres plissées d'une moue :

— Tu y tiens, toi, à ce dîner ?

Antoine ouvre la bouche, puis la referme, puis la rouvre, évidemment sous un flot si pressé d'arguments que Minne s'énerve et crie avant qu'il ait parlé :

— Oui, je sais ! Tes relations avec Pleyel ! Et la publicité des journaux affermés par Chaulieu ! Et Lugné-Poe qui veut commander un *barbytos* pour les danses d'Isadora Duncan ! Je sais tout, tout, je te dis ! Dans dix minutes, je serai prête !

« Puisqu'elle sait tout ça, se dit Antoine resté tout seul au milieu du salon, pourquoi me demande-t-elle si je tiens à ce dîner ? »

L'amour d'Antoine ignore la supercherie, comme la modération. Sa tendresse le fait trop tendre, et trop gai sa gaieté, et trop soucieux son souci. Peut-être n'y a-t-il pas d'autres barrières, entre elle et lui, que ce besoin — « cette manie » dit Minne — d'être sincère et sans détour ?... Un jour, l'oncle Paul, le père d'Antoine, a dit à son fils, devant Minne :

« Il faut se défier de son premier mouvement ! — Oh ! c'est bien vrai », a répondu Minne docile, achevant en elle-même : « ...surtout les gens qui ne mentent pas spontanément. Ce sont des paresseux, qui ne se donnent même pas la peine d'arranger un peu la vérité, quand ce ne serait que par politesse, ou bien pour intriguer... »

Antoine est un de ces incorrigibles. Il s'écrie vers Minne, à chaque instant : « Je t'aime ! » Et c'est vrai. C'est vrai d'une manière absolue, sans nuances, pour toujours.

« Où irions-nous, philosophait Minne, si, usant du même procédé d'affirmation, je m'exclamais avec une conviction égale à la sienne : « Je ne t'aime pas ! »

Cette fois encore, planté dans le salon blanc, il discute loyalement avec Minne absente : « Pourquoi me l'a-t-elle demandé, puisqu'elle le savait ? » Il bouscule, en passant, le *barbytos* qu'il a fait construire chez Pleyel. La grande lyre gémit, lamentable et harmonieuse : « Bon Dieu ! mon modèle huit ! « Il la palpe avec sollicitude et sourit, dans la glace, à son image de rhapsode barbu.

Antoine n'est pas un aigle, mais il a le bon sens de s'en rendre compte. Tourmenté du besoin de se grandir aux yeux de Minne, il détourne avec l'autorisation de Gustave Lyon, son patron, quelques heures de son temps, dû à la comptabilité de la maison Pleyel, pour les donner à la reconstruction d'instruments grecs ou égyptiens. « Je me serais aussi bien occupé d'automobiles, s'avoue-t-il, mais la reconstitution du *barbytos* me vaudra peut-être un bout de ruban rouge... » La porte de la chambre à coucher se rouvre, Antoine tressaille.

— J'ai dit dix minutes, jette une petite voix triomphante. Regarde ta montre !

— C'est épatant, concède ce modèle des maris. Que tu es belle, Minne !

Belle, on ne sait pas bien ; mais singulière et charmante, comme elle fut toujours. Elle est habillée d'un tulle vert, vert bleu, bleu vert, une robe couleur d'aigue-marine. Une ceinture d'argent, une rose d'argent au bord du décolletage discret, c'est tout. Mais il y a les épaules frêles de Minne, les cheveux étincelants de Minne, et les yeux noirs qui étonnent, qui ne vont pas avec le reste, et, au-dessous de son collier, — des perles pas plus grosses que des grains de riz, — deux toutes petites salières si attendrissantes...

— Viens vite, ma poupée !...

Chez les Chaulieu, chacun arrive avec une âme de combat, les poings serrés, la mâchoire contractée et défensive. Les plus forts montrent une mine affectée d'aise et de bien-être, la face reposée d'un bon ami qui vient chez ses bons amis pour passer tranquillement la soirée. Mais ceux-là sont rares. En thèse générale, quand un homme annonce dans la journée : « Je dîne ce soir chez les Chaulieu », les visages se tournent vers lui avec un ironique intérêt. On dit « ah ! ah ! » et cela signifie : « Bonne chance ! vous sentez-vous en forme ? le biceps va ? »

Dégagé de toute légende, le salon des Chaulieu n'a pas de quoi inquiéter les plus fiers courages ; madame Chaulieu est une harpie, soit. Mais il se trouve encore des esprits paisibles sur qui cette révélation ne produit pas d'autre effet que, par exemple, celle-ci : « Madame Chaulieu est un peu bossue. »

Cette insigne créature se pare de méchanceté, comme les autres de vice. Pratique, elle s'est d'abord fait connaître en parlant d'elle-même, et encore d'elle-même. Patiente, elle a, durant cinq ou six années, commencé toutes ses phrases par : « Moi qui suis la plus méchante femme de Paris... » Et Paris, à cette heure, redit avec un touchant ensemble : « Madame Chaulieu, qui est la plus méchante femme de Paris... »

Peut-être n'est-ce chez elle qu'activité inemployée, énergie de bossue dont la bosse est en dedans ; car son corps menu porte solennellement une grande et magnifique tête de Juive orientale.

Chaulieu, son mari, est un homme discret, découragé et bûcheur, épouvanté de sa compagne. On dit volontiers, en parlant de lui : « Ce pauvre Chaulieu » ; car il laisse paraître, sur sa figure de petit hidalgo camus, la mélancolie des malades incurables et résignés. Il accepte fièrement le malheur d'être l'époux de sa femme, et son silence signifie : « Laissez-moi tranquille avec votre pitié ; si je suis son mari, c'est que je l'ai bien voulu ! »

Irène Chaulieu s'habille coûteusement, porte des robes blanches de dentelle ou de tulle qui gagneraient à connaître plus fréquemment le teinturier-dégraisseur, des zibelines d'occasion, et des gants blancs toujours un peu craqués à cause de la nervosité remuante de ses petites mains, des mains tripoteuses et moites, qui accaparent la poussière des bibelots, le sucre des gâteaux, le beurre des sandwiches, et les traces oxydées d'une chaîne de cou qu'elles tourmentent sans cesse.

Chez elle, assise, afin de paraître plus grande, sur l'extrême bord d'une chaise, Irène Chaulieu se tient au fond d'un immense salon carré, face à la porte pour dévisager ses amis dès qu'ils entrent, et les suivre, durant qu'ils traversent le parquet miroitant comme une mare, de son beau regard brutal et malveillant.

Telle est l'étrange amie que le hasard a donnée à Minne. Irène s'est jetée sur cette jeune femme avec la curiosité collectionneuse qui la fait si aimable aux nouveaux venus, tout animée de la joie de connaître, d'éplucher, de détruire. Et puis, mon Dieu, Antoine n'est pas si mal... grand et barbu, une dégaine de Brésilien honnête... La prévoyante sensualité d'Irène sait ménager l'avenir.

— Ah ! les voilà enfin !

Antoine, derrière Minne qui traverse en patineuse le parquet glacé, marmonne des excuses et s'effondre sur la main tendue de madame Chaulieu. Mais elle ne le regarde même pas, occupée à détailler la toilette de Minne...

— C'est cette belle robe, ma chère, qui vous a mise en retard ?

Son ton châtie plus qu'il n'interroge ; mais Minne n'en semble pas émue. Elle compte, l'œil noir et grave, les convives masculins et oublie de dire bonsoir à Chaulieu qui s'écrie mollement, fatigué jusque dans l'enthousiasme :

— Minne, notre ami Maschaing désire vous connaître.

Cette fois, Minne semble s'éveiller de son indifférence : Maschaing l'académicien, le Maschaing de *Spectre d'Orient* et des *Désabusées*, Maschaing lui-même !... « En voilà un qui doit s'y connaître en voluptés ! » se dit Minne... Elle se penche, très attentive, vers un petit homme agile qui la salue... « Ah ! je l'aurais cru plus jeune ! Et puis il ne me regarde pas assez... c'est dommage !... »

Irène Chaulieu se lève, traînant deux mètres de guipure poussiéreuse, et s'empare du bras de Maschaing. Sa tête royale et busquée, son petit corps raidi sur des talons périlleux proclament l'orgueil d'une chasse fructueuse : « Enfin, je l'ai, leur académicien ! »

— Maugis, jette-t-elle par-dessus l'épaule, vous offrez le bras à Minne...

Minne suit, sa main gantée sur la manche de Maugis, qu'elle n'a jamais vu de si près. « Il est drôle, mon voisin. Il a des yeux d'escargot. Mais j'aime assez cette moustache militaire. Et puis il a un nez trop court qui m'amuse. En voilà un qui passe pour la mener joyeuse, comme ils disent ? Irène Chaulieu affirme qu'on peut faire beaucoup de fond sur ces hommes de la génération précédente... En somme, dépouillé de son borde-plats, il perd le trait le plus caractéristique de sa physionomie... J'ai mal aux reins, pourquoi ?... Tiens ! je n'y pensais plus ! mais c'est ce petit Couderc, aujourd'hui... » Elle sourit froidement à son souvenir, et refuse le potage.

À sa gauche, Chaulieu boit de l'eau de Vichy, prudent et résigné, car : « Il n'y a pas de maison, dit-il, où l'on mange plus mal que chez moi. » À sa droite, Maugis l'épie de son œil saillant. En face d'elle, Irène Chaulieu, superbe, très grande dès qu'elle est assise, expédie sa bisque, y trempe un bout d'écharpe — qui, d'ailleurs, en a vu bien d'autres — et « fait du plat » à Maschaing, avec cette brutalité dans la louange, ce cynisme dans l'admiration qui subjuguent parfois leur objet et l'amènent, passif, heureux, jusqu'aux lèvres buveuses et bien ciselées d'Irène, jusqu'entre ses bras musclés de dompteuse...

Antoine sourit à sa femme. Elle lui rend le sourire en renversant la tête, pour que Maugis suive le mouvement du cou, note l'éclair des yeux entre les cils blonds... « On ne sait jamais » se dit-elle.

Aux deux bouts de la table, des gens vagues, cousines pauvres d'Irène, jeunes prodiges de la littérature, pas encore bacheliers, mais qui traitent Mallarmé de rétrograde ; une Américaine, qu'on nomme « la belle Suzie » sans la désigner davantage, et son flirt de la semaine ; un marchand de pierres israélite, sur qui l'hôtesse, qui convoite un saphir étoilé, essaiera vainement tout à l'heure ses regards les plus explicites et son cynisme fraternel : « Nous deux, qui sommes de bonnes crapules... ». Un blond pianiste beethovenien est annoncé pour onze heures...

Minne regarde tous ces gens-là et rit : « Ce pauvre Antoine, il a encore écopé la tante Rachel ! Ça ne rate jamais. Comme il n'y a guère que lui de poli, ici, on lui repasse toutes les vieilles parentes... »

— Vous ne buvez pas, madame ?

« Ah ! Ah ! Il se décide, ce gros Maugis ? Quelles moustaches, tout de même ! Je ne peux pas m'habituer à entendre sortir de ces broussailles sa voix de jeune fille un peu enrhumée... »

— Mais si, monsieur ! je bois du champagne et de l'eau.

— Et comme vous avez raison ! Le champagne est le seul vin tolérable de cette maison. Chaulieu est chargé de la publicité du Pommery, heureusement pour vous !

— Je ne savais pas. Si Irène vous entendait !

— Pas de danger ! Elle s'éreinte en effets de corsage pour Maschaing...

— C'est ce qui vous trompe, mon petit Maugis, j'entends toujours tout !

Le regard et la phrase tombent raide sur l'imprudent, qui plie le dos et tend les mains jointes :

— Pardon ! ferai plus ! gémit-il.

Mais on ne désarme pas si vite Irène Chaulieu.

— Ne vous mettez pas mal avec moi, mon petit Maugis : ça pourrait vous coûter cher !

Blessé d'être menacé devant Minne, l'homme aux grosses moustaches devient insolent :

— Cher ? Ma pauvre amie, je suis bien tranquille : les femmes ne m'ont jamais rien coûté, et ce n'est fichtre pas pour vous que je changerai mes habitudes !

Irène Chaulieu flaire le vent en cavale de sang, et va répondre... Déjà tous les convives se taisent et se penchent comme au théâtre... La voix douce et lasse de Chaulieu détourne — quel dommage ! — la tempête :

— Je l'avais bien dit, que la timbale serait ratée !...

Bien que l'assertion soit rigoureusement exacte, les convives jettent à ce martyr des regards féroces : Chaulieu leur fait manquer un de ces attrapages soignés, la spécialité de la maison, et puis, comme dit Maugis, pendant ce temps-là, on n'aurait pas pensé à ce qu'on mange ! N'empêche que Minne jette à son voisin, ce brave, une œillade singulièrement flatteuse. « Ses moustaches ne mentent pas : c'est un héros ! » Le héros sent venir, d'elle à lui, cette sympathie d'ordre inférieur, penchant de la petite femme du monde pour le lutteur qui vient de « tomber » un adversaire... Il est prêt à en profiter, séduit par l'inquiétante beauté de Minne, son charme de bibelot hors commerce...

Le dîner se dégèle. Irène Chaulieu flambe d'entrain, grisée par sa première escarmouche. Elle ne mange plus, parle comme on délire, et comble de calomnies inédites l'oreille tendue de l'académicien qui prend des notes. Antoine l'entend, épouvanté, défendre une amie de fraîche date :

— Non, mon cher maître, vous ne vous ferez pas l'écho de pareilles infamies ! Madame Barnery est une honnête femme, qui n'a jamais eu avec Claude les relations que l'on dit ! Madame Barnery a des amants...

— Ah ! comment ? elle a des amants ?

— Parfaitement, elle a des amants ! Et c'est son droit, d'avoir des amants ! C'est le droit de toute femme trompée par la vie ! Et je n'admettrai jamais qu'on parle d'elle, devant moi, en des termes équivoques !

« Bon Dieu ! soupire Antoine, assommé. Si jamais cette mégère-là prenait Minne en grippe, nous serions frais ! Ma petite Minne si pure ! Comme elle rit des fumisteries de ce gros journaliste !... Rien de tout cela ne l'effleure... »

Minne rit, en effet, la tête en arrière, et on voit le rire descendre en ondes sous la peau nacrée du cou, jusqu'aux deux petites salières attendrissantes... Elle rit pour s'embellir et pour éviter de répondre à Maugis emballé, qui lui dépeint son état d'âme en termes vigoureux :

— ... et vous verriez quel *bath* aimoir, avec quels divans !

— Des divans ! répète Minne, tout à coup très réservée... Vous entendez, monsieur Chaulieu, ce que me dit mon voisin ?

— J'entends bien, répond Chaulieu... mais je faisais, par discrétion, le monsieur qui savoure sa salade *Femina*. Et, bon Dieu ! qu'elle est mauvaise ! avec quoi peut-on bien fabriquer l'huile d'olive, chez moi ?

Minne le tire par la manche, gamine :

— Mais, monsieur Chaulieu, défendez-moi ! il me dit des choses horribles !

Chaulieu tourne vers Minne sa figure camuse :

— Comment ? ma pauvre enfant, vous en êtes déjà à me demander secours ? Dans ce cas, il y a...

— Il y a ?... insiste Minne, très coquette.

Chaulieu, du menton, désigne Antoine :

— Mais... celui-là, de qui les biceps me semblent compter... Hé ! Maugis, qu'est-ce que tu en dis ?

Maugis, embêté au fond, ricane, pose lourdement ses coudes sur la table, exagère la vigueur de son large dos :

— Mon vieux, pourvu qu'une femme ait des faiblesses, la force du mari, moi, je m'en fiche !

— C'est une opinion.

— Dites donc, petite madame blonde, il a l'air occupé votre mari ?

Très occupé ! Irène Chaulieu, dès qu'elle a vu le jeu de Maugis, a résolument tourné le dos à l'Immortel et s'est jetée sur Antoine, sur le mari, sur l'ennemi... Elle lui masque tout un côté de la table, de son chignon gonflé et lâche, de son éventail ouvert, de son épaule évadée du corsage... Elle l'ahurit de paroles, se découvre un intérêt récent et passionné pour le *barbytos*.

— Mais, mon cher, c'est une révolution dans la musique !

— Oh ! c'est beaucoup dire ! hasarde loyalement Antoine.

— Laissez donc, laissez donc, vous êtes trop modeste ! Ah ! si j'étais homme ! À nous deux, nous remuerions le monde !... Quand on a votre force, votre jeunesse, votre...

Le beau regard oriental d'Irène s'appuie sur celui d'Antoine ; ses cils, lourds de mascara, battent paresseusement comme l'aile d'un papillon pose... Il cligne, gêné, fatigué aussi par l'électricité crue qui tombe sur la nappe brodée et rejaillit blafarde jusqu'aux visages. Un coup de timbre lointain met fin à son supplice, et Chaulieu avertit sa femme d'un petit claquement de langue :

— Hep, Irène !

Elle se lève à regret, enroule son écharpe, accroche et entraîne des pelures de bananes, en disant tout haut :

— Déjà les cure-dents qui rappliquent ! Je vais encore trouver au salon des têtes à quarante-cinq degrés. Tant pis, je n'y peux rien ! Tout le monde voudrait dîner ici... Minne, vous ferez la jeune fille au salon, pour le café et les liqueurs.

Minne ne déteste pas cet office délicat qui consiste à manier, dans un salon encombré, des tasses fragiles, une cafetière, une pince à sucre... Elle y apporte des mains soigneuses, une application de fausse ingénue qui attendrit les dîneurs bien remplis.

— Quel trésor, mon cher, qu'une petite femme comme ça ! Elle vous a une frimousse à repriser des chaussettes, tu ne trouves pas ?

L'emballement de Maugis n'a plus de bornes. Il vient de se confier à un jeune poète, trop jeune pour n'être pas blasé sur la beauté des femmes...

— Quel petit cou à étrangler ! Et ces cheveux ! et ces yeux ! et ces...

Irène Chaulieu survient, chétive et excitée.

— Là, là, Maugis, un peu de calme ! Convenez au moins que je suis une bonne amie ? À table, pour vous laisser le champ libre, j'ai occupé le mari !

— C'est vrai, je vous revaudrai ça. Elle est rudement gentille, l'enfant ! Je vous fous mon billet que si je la rencontrais dans une île déserte...

— Mon pauvre Maugis, vous me faites pitié ! Il n'y a rien à faire avec Minne.

L'homme de lettres lève ses lourdes épaules :

— Elle est honnête ? raison de plus ! une femme qui a pas marché se méfie moins.

— Ça dépend, objecte Irène nonchalante, les cils couchés en abat-jour. Il y a celles à qui les hommes ne disent rien...

Maugis lance, pour mieux écouter, sa cigarette dans un vase de roses.

— Non ? vrai ? elle ?... Racontez-moi tout ! On est des vieux copains, nous deux, pas, Irène ?

— Oui, à présent ! jette-t-elle, moqueuse. Vous êtes trop chineur, mon gros, vous ne saurez rien.

Tranquille, sûre d'avoir semé de la bonne graine de mensonge, elle s'en va vers les couples qui arrivent. Rares, les couples : le célibataire abonde, et l'homme marié venu tout seul. Elle sourit, tend ses mains aux ongles brillants. Le grand salon glacial se peuple enfin, perd sa sonorité d'appartement à louer. Irène permet le cigare, et Minne verse les liqueurs, si sage dans sa robe bleue...

— Un peu de curaçao sec, monsieur ?

Elle dit cela d'une voix distinguée, une voix qui s'ennuie poliment...

— Un peu de curaçao sec, monsieur ?

Pas de réponse, Minne lève les yeux et se trouve devant le petit baron Couderc qui vient d'entrer... Il n'en revient pas. Pourquoi ne lui a-t-elle pas dit qu'il la verrait ce soir ? Et pourquoi n'a-t-elle pas l'air émue ? Car, enfin, il y a cinq heures à peine que, là-bas, rue Christophe-Colomb, elle détachait ses jarretelles avec une pudeur si charmante et si drôlement placée... À ce souvenir, il suffoque un peu, et son teint d'enfant frais s'empourpre d'un seul flot.

— Mais, murmure-t-il, vous êtes donc ici ?

— On le dit... raille-t-elle en lui souriant des yeux.

Elle lui laisse aux doigts un verre plein, et s'en va, Hébé indifférente, servir Antoine.

Irène Chaulieu a vu... Maugis aussi...

— Bon Dieu ! Irène, qu'est-ce qu'il a pris, le gosse, souffle Maugis, intéressé violemment. Vous avez vu ce qu'il a tiqué ?

— Ça vous étonne ? Pas moi ! Vous ne savez donc pas ? Ce petit Couderc est fou d'elle, mais elle ne veut rien savoir. Elle a dû le remiser encore une fois, et sec ; il fera bien de ne plus se retrouver devant elle !

— Il ne s'en remet pas : regardez-le... Pauvre gosse ! il me fait pitié !

— Pitié ! vous êtes épatant, mon cher, à vouloir que toutes les femmes passent leur vie dans les garçonnières ! C'est bien fait pour le petit Couderc ! Moi, j'aime les femmes qui se tiennent !

Il est exact, d'ailleurs, que Jacques Couderc souffre. Il supporte son nouvel état d'amant heureux avec impatience et malaise. La semaine d'avant, son flirt avec Minne lui procurait un agacement délicieux, l'exaltation d'un vin léger qui fait chanceler la tête sans couper les jambes. Il aurait voulu se battre devant elle, insulter à tout ce qui existe, enlever une autre femme pour que Minne le sût et l'admirât ; mais il ne subissait pas ce morne et ardent amour, si près des larmes et de la violence, cet amour que la première heure de possession avait fait sortir d'un gîte sombre où il dormait tout armé...

Jacques souffre de jalousie, parce qu'il aime, et son mal lui donne une contenance un peu courbée et gauche, un air de rhumatisant précoce.

Sans déférence pour le pianiste qui joue une tumultueuse rengaine de Liszt, Maugis a rejoint Minne, et Jacques Couderc la regarde roucouler et rire.

« Elle n'a ri qu'une fois aujourd'hui, songe-t-il, c'est quand elle m'a dit que j'étais bête. Seigneur ! je suis encore bien plus qu'elle ne le croit... Quelle sale tête il a, ce Maugis ! Il ressemble au « Frog Prince » des dessins de Walter Crane... Tant pis ! je m'en vais mettre la puce à l'oreille du mari ! »

Jacques Couderc relève son nez de gavroche, affermit son sourire en coin, et s'en va crânement « rapporter » à Antoine, qui fume en paix près de la table de poker, dans le clan des hommes mûrs, car sa barbe et sa figure de cheval sérieux lui ont créé des relations au-dessus de son âge. Et puis, le rénovateur du *barbytos* ne folâtre pas avec des gigolos !

— Monsieur...

— Cher monsieur...

Ils échangent une poignée de main, et Antoine sourit paternel.

— Vous avez vu ma femme ?

— Oui... c'est-à-dire... elle causait avec M. Maugis : alors, je n'ai pas cru devoir...

— Vous ne connaissez pas Maugis ?

— À peine... C'est un de vos amis personnels ?

— Non, pas du tout. Je le rencontre ici, et ailleurs. Il amuse Minne.

Jacques jette sur Antoine un regard furieux :

— Charmant garçon, d'ailleurs. Un peu bohème, mais quand on est célibataire, n'est-ce pas ?...

— Je ne vous le fais pas dire !

— Mais je ne le dis pas non plus ! se récrie imprudemment Jacques, rouge d'une pudeur insolite. Je sais bien qu'on a la rage de dire que je mène une vie de bâton de chaise, mais c'est très, très exagéré. Dans tous les cas, je n'ai pas, comme Maugis, la fâcheuse réputation de coucher avec des vieilles dames, moi !

Antoine lève les sourcils et regarde du côté de Maugis, toujours assis auprès de Minne.

— Comment ? il couche avec des vieilles dames ?

— Des vieilles dames, c'est beaucoup dire... avec une vieille dame, une blonde teinte, hors d'âge... Et Dieu sait pourquoi ! car il aime plutôt les petites personnes très jeunes...

— Vrai ? c'est épatant, déclare Antoine.

Son accent révèle une si vive admiration que le petit Couderc s'indigne.

— Ça ne vous dégoûte pas plus que ça ?

— Moi ? mais je trouve ça merveilleux, cher monsieur ! Vous pourriez me mettre dans un lit avec une femme d'âge pendant sept ans... je resterais comme... comme... je ne peux pas dire quoi, moi !

Le baron Couderc se lève, déçu.

— Vous permettez, cher monsieur ? Je crois que madame Minne me fait signe...

Ce n'est pas un signe, mais un froncement têtu des sourcils. Minne voit, Minne sent un commencement de danger contre lequel se dresse son âme brave et rusée. Elle regarde venir Jacques avec défiance... Il est gentil pourtant cet enfant, et si bien habillé !

« Le pantalon de Maugis visse, pense-t-elle, et puis je n'aime pas les revers de moire... Mais, décidément, Jacques est trop jeune. Cette surprise, cette rougeur en me trouvant ici !... Je n'aurais jamais dû compter sur un garçon si jeune pour faire de moi une femme comme les autres... Quand je pense à ce que disait Marthe Payet, l'autre jour : « Moi, je suis comme Bilitis ; quand je suis avec mon amant, le plafond tomberait sans changer le fil de mes idées ! » Jacques aussi, il est comme Bilitis... Oh ! je le battrai !... »

Elle se tourne un peu du côté de Maugis, dont le souffle caresse son épaule : « Celui-ci..., on ne peut pas lui reprocher d'être trop jeune, au contraire. Il n'est pas beau... Mais son assurance, sa voix de jeune fille, sa câlinerie blessante, et ce ... je ne sais quoi... Ah ! oui ! s'interrompt-elle résignée, le je ne sais quoi des hommes qu'on ne connaît pas beaucoup ! »

Jacques est revenu à Minne, qui lui tend sa main dégantée. Il l'effleure des lèvres, et attend pour Maugis une présentation qui ne vient pas. Maugis fume, suave et vague, les yeux vers l'azur pommelé du plafond... Minne se lève enfin, déplisse sa robe et marche vers la table qui porte des rafraîchissements, pour que son amant l'y suive...

— Un verre d'orangeade, chère madame ?... Minne, supplie-t-il tout bas, vous saviez que vous veniez ici ce soir, et vous ne me l'avez pas dit...

— C'est vrai, avoue-t-elle. Je n'y ai pas pensé...

Elle lui parle de profil une coupe aux doigts, inondée de lumière crue. Ses cils retroussés semblent la flèche que lancent ses yeux aux aguets ; le peu de champagne qu'elle a bu rosit sa petite oreille compliquée...

— Minne, poursuit-il, enragé de tant de grâce, jure-moi que tu ne voulais pas cacher ton flirt avec cet ignoble individu !

Elle tressaille, mais ne se tourne pas vers Jacques.

— Connais-je d'ignobles individus ? Et osez-vous aujourd'hui, *aujourd'hui*, me parler ainsi ?

Il jette à travers la table son sandwich mordu qui tombe dans les cerises déguisées.

— Eh ! c'est d'aujourd'hui seulement que je puis vous parler ainsi, parce que c'est d'aujourd'hui que je souffre, d'aujourd'hui que je t'aime !

Minne s'est retournée, brusque ; elle plonge dans les yeux défiants et tristes de son amant son grave regard.

— D'aujourd'hui ? Parce que vous m'avez eue ? Réellement ?... Oh ! expliquez-moi comment il se peut que l'amour vienne d'une pareille chose ?... Dites-moi : vous m'aimez davantage parce que, cet après-midi... ?

Il croit comprendre, et se trompe ; il croit que Minne veut ranimer son imagination au feu d'un souvenir tout proche, qu'elle veut goûter, devant tous, l'outrage exquis d'une évocation précise... Son teint d'enfant sanguin s'embrase et pâlit tour à tour : le voici de nouveau changé, sans défense, comme elle l'a vu tout à l'heure rue Christophe-Colomb...

— Oh ! Minne, quand tu t'es penchée pour dénouer tes jarretelles...

Il délire et tremble, son genou gauche trépide, comme là-bas... Elle l'écoute, très sérieuse, sans baisser les yeux sans frémir aux mots brûlants, et quand il s'arrête, honteux et enivré, elle n'a qu'une exclamation, à peine prononcée, de découragement :

— C'est inconcevable !

Minne se lève tôt, pour une Parisienne qui sort souvent le soir. À neuf heures, elle a pris son bain, et mange ses rôties sans langueur, très éveillée, dans son cabinet de toilette blanc. À chaque étage de la maison neuve, il y a le même cabinet de toilette blanc, le même petit salon gris perle à fausses boiseries, le même grand salon à baies vitrées... Cela désole l'imagination ; mais Minne n'y pense pas.

Ensachée dans sa robe de moinillon blanc, la tresse en corde d'or dansant sur les reins, elle savoure ce matin, pas encore blasée, l'exquise solitude où la laisse le départ quotidien de son mari.

Jusqu'à midi, elle sera seule, seule à lisser en arrière, tout aplatis, ses cheveux polis par la brosse, ce qui lui fait une figure d'enfant japonais ; seule à regarder la couleur du temps, à vérifier, d'un index pointu, le balayage des petits coins ; seule à camper sur un chapeau le *paradis* qu'éparpille son souffle et qui se couche comme une graminée des prés ; seule à rêver, à écrire, à lire, à jouir de l'enivrante solitude qui, depuis toujours, a conseillé Minne.

C'est par un matin d'hiver, clair et sonore comme celui-ci, qu'elle a couru chez Diligenti, vague compositeur italien. Elle l'a trouvé à son piano, flatté, embêté, irrésolu... Pour la punir de le déranger à cette heure-là, il a, rageur, possédé Minne déçue...

Mais, aujourd'hui, Minne se sent une âme de ménagère raisonnable. Sa déconvenue d'hier — la quatrième — lui donne à réfléchir, et elle réfléchit, en effet, devant une tasse vide.

« Il faut aviser. Parfaitement, il faut aviser. Je ne sais pas encore comment. Mais ça ne peut plus durer. Je ne peux pas m'en aller, de lit en lit, pour faire plaisir à MM. Chose et Machin, pour l'unique satisfaction d'avoir un peu mal partout et mon chignon à refaire, sans compter les chaussures qu'on remet toutes froides et quelquefois mouillées... De quoi est-ce que j'ai l'air ? Irène Chaulieu dit qu'il faut se ménager, si on ne veut paraître tout de suite cinquante ans, et elle assure que, pourvu qu'on crie *ah ! ah !* qu'on serre les poings et qu'on fasse semblant de suffoquer, ça *leur* suffit parfaitement. Ça leur suffit peut-être, aux hommes, mais pas à moi !... »

L'arrivée d'un pneumatique interrompt l'amère rêverie de Minne.

« C'est de Jacques. Déjà !... »

Minne chérie, Minne rêvée, Minne terriblement aimée, je t'attends aujourd'hui chez nous. Je ne peux pas te dire, ma chère petite reine, tout ce que tu apportes dans ma vie, mais je sais depuis hier, je sais d'une manière absolue que, si je n'arrive pas à te voir autant que je veux, tout croulera ! Ne ris pas, Minne, je ne mets pas d'orgueil à t'avouer que je n'aurais jamais soupçonné ce qui m'arrive là. Es-tu l'amour ? Es-tu une maladie de mon cerveau ? À coup sûr tu n'es pas le bonheur, Minne chérie...

Jacques.

Elle déchire le papier en tout petits morceaux, avec une application vindicative.

« Et lui, est-il le bonheur pour moi ? Cet égoïsme ! Il ne parle que de lui ! Ce n'est pas en ce petit si jeune que je pourrai jamais me réfugier, ce n'est pas à lui que je pourrai m'avouer, supplier : « Guérissez-moi ! Donnez-moi ce qui me manque, ce que j'appelle si humblement, qui me ravalera au rang des autres femmes !... » Toutes les femmes que je connais parlent de ça dès qu'elles sont seules ensemble, avec des paroles et des regards qui salissent l'amour... Tous les livres aussi ! Et il y en a qui sont d'un formel ! Celui d'hier encore... » Elle ouvre un volume tout moite d'encre fraîche et relit :

« Leur étreinte fut à la fois une assomption et un paroxysme. Adila rugissante enfonça ses ongles aux épaules de l'homme, et leurs regards exacerbés se croisèrent comme deux poignards empennés de volupté... Dans un spasme suprême, il sentit sa force se dissoudre en elle, tandis qu'elle, les paupières révulsées, dépassait d'un envol les sommets inconnus où le Rêve se confond avec la sensation... »

« C'est péremptoire, ça ! conclut Minne en refermant le livre. Je me demande quelquefois ce qu'Antoine a bien pu faire de son célibat pour être aussi... ignorant ! » Minne pense peu à Antoine, d'habitude. Il lui arrive de l'oublier ; il lui arrive aussi de l'accueillir joyeusement, comme s'il était encore le fraternel cousin d'autrefois... Mais, aujourd'-

hui, lorsqu'il rentre affamé, fleurant le palissandre et le vernis, son bavardage heureux échoue devant le mutisme de Minne, un mutisme à petite bouche pincée, à sourds excédés...

— Qu'est-ce que tu as ?
— Rien.

Elle n'a rien. Elle en veut à Antoine du rendez-vous que lui donne Jacques cet après-midi. Ce petit tient de la place, il supplie, il s'impose, il écrit... C'est le baron Couderc, évidemment, mais... « La belle avance ! » songe Minne. « Ça m'amuserait si je le volais à quelqu'un, ou si je pouvais le dire à Irène Chaulieu. Mais, pour moi, qu'il soit le baron Couderc ou le charbonnier d'en face, le résultat ne diffère pas ! » Elle ira pourtant rue Christophe-Colomb. Elle ira parce qu'elle ne recule jamais devant rien, même devant une corvée, et puis c'est encore si nouveau, leur aventure d'amour...

Dans la salle à manger, où il entre tant de lumière qu'on en a froid, Antoine dévore du veau marengo et son journal ; puis il contemple avec extase sa femme qui, serrée dans une robe foncée, tout unie, ressemble à une vendeuse très distinguée. Il tâche, en bavardant, d'adoucir l'expression distante de ces yeux noirs, tourment de toute sa jeunesse, de cette bouche qui mentit autrefois si follement, si artistement...

— J'ai bien déjeuné, ma Minne. C'est toi qui as fait le menu ?
— Mais oui, comme tous les jours.
— C'est épatant ! Ma tante ne t'avait pourtant guère appris.

Minne se rengorge.

— J'ai appris toute seule. Les sauces sont démodées, les entremets compliqués n'ont plus de succès, les légumes manquent en cette saison, et, si je ne me donne pas un peu de peine, on mangera aussi mal ici que chez les Chaulieu.

Elle joue à la madame, croise ses mains, et professe sur les denrées d'hiver. Antoine l'admire et jubile, à demi caché derrière son *Figaro*... Minne perçoit le tremblement insolite du journal et proteste :

— C'est trop fort ! pourquoi ris-tu ?
— Pour rien, ma poupée. Je t'aime trop.

Il se lève et vient baiser tendrement les beaux cheveux brillants, où serpente et se perd un étroit velours noir... Minne appuie un instant sa tête au flanc de son mari, d'un air las :

— Tu sens le piano, Antoine.

— Je le sais bien. C'est très sain, tu sais. Ça chasse les mites, cette odeur de vernis et de bois neuf. Si nous enfermions un piano à queue dans chacune de tes armoires robes ?

Minne daigne rire, ce qui le remplit d'allégresse.

— Hop ! viens me verser mon café, chérie ! il faut que je file de bonne heure !

Il l'enlève dans ses bras et la porte dans le salon blanc à bouquets, qui conserve une odeur banale de tentures neuves, car Minne n'y reçoit guère et habite plus volontiers sa chambre à coucher, et surtout son cabinet de toilette.

— Qu'est-ce que tu fais, mignonne, cet après-midi ?

Le visage de Minne se durcit un peu, non qu'elle redoute un soupçon, mais ce second rendez-vous, au lendemain du premier, menace son repos...

— Des courses embêtantes. Mais je rentrerai de bonne heure.

— Oui, je sais ce que ça veut dire ! Tu vas m'arriver à sept heures et demie avec un air de tomber de la lune, en t'écriant : « Comment ? moi qui croyais qu'il était cinq heures ! »

Minne secoue la tête, sans gaieté :

— Ça m'étonnerait bien.

Dans le petit rez-de-chaussée de la rue Christophe-Colomb, elle trouve le thé bouillant, le feu qui croule en braises roses, et, dans tous les vases, des chrysanthèmes échevelés, larges comme des pieds de chicorée... Les sandwiches au caviar, déballés trop tôt, se recroquevillent comme des photographies mal collées... Jacques est là depuis deux heures, plus grave qu'hier, et Minne le trouve changé ; il a quelque chose de sincère et de sérieux qui ne lui va pas du tout. « C'est bien ma veine ! » soupire-t-elle. Et elle cache sa mauvaise humeur sous un sourire mondain :

— Comment ? vous êtes déjà là, cher ami ?

Le « cher ami » fait signe que oui, qu'il est déjà là, et lui serre les doigts très fort. « On jurerait, se dit Minne, qu'il a envie de pleurer... Un homme qui pleure, ah ! non ! ah ! non !... »

— Qu'est-ce que vous avez contre moi ? je suis en retard ?

— Oui, mais ça ne fait rien.

Il l'aide à retirer sa fourrure, reçoit dans ses mains dévotes le petit tricorne piqué de camélias, et pâlit de lui voir la même robe qu'hier, un col strict où scintille le même bouton de rubis... Il se sent navré et perdu :

« Mon Dieu ! songe-t-il, que je l'aime déjà ! C'est terrible, je ne le savais pas... Hier, ça allait encore ; mais, aujourd'hui, je suis au-dessous de tout, je ne suis bon qu'à pleurer et à coucher avec elle jusqu'à en mourir... Elle va me prendre pour un goujat... »

Elle se tourne vers lui, agacée de son silence :

— Dites donc, Jacques, laissez-moi placer un mot !

Il sourit, d'un sourire qui a délaissé toute son heureuse insolence :

— Ne vous moquez pas de moi, Minne, je ne suis pas dans mon assiette.

Elle s'approche, empressée, caresse les doux cheveux du blondin assis devant elle :

— Mais il fallait le dire ! C'était si simple de remettre à un autre jour !... Un pneu aurait suffi...

Cette fausse sollicitude rallume dans les yeux de Jacques une inquiétante lumière. Il se lève et parle presque durement :

— Remettre !... un pneu !... Suis-je un invalide ? Il ne s'agit pas d'une grippe ou d'une migraine. Croyez-vous que je puisse me passer de vous ?

Il n'a pas su se contenir, il s'explique maladroitement, et Minne se cabre :

— Alors, quand vous ne pourrez pas vous passer de moi, il faudra que je vienne ici à n'importe quelle heure ?

Elle n'a pas haussé le ton, mais sa bouche nerveuse blanchit et elle regarde son amant de bas en haut, en bête faible et menaçante. Il s'effraie et saisit les froides petites mains dégantées :

— Dieu ! Minne, mais nous sommes fous ! Qu'est-ce que j'ai ? qu'est-ce que je dis ? Pardonne-moi... C'est que je t'aime : tout le mal vient de là ; c'est que je me fais un mal infini en pensant à toi, à toi telle que tu étais hier, telle que tu vas être... Dis, dis, n'est-ce pas ? telle que tu étais hier, toute pâle dans tes cheveux, et puis toute fatiguée sur le lit, avec tes pieds pointus et joints...

Il parle, et déshabille Minne. Ses baisers, l'accolement de son jeune corps vigoureux et rose, qui sent la blonde, l'éclair de beauté mystérieuse qui le visite à cette minute-là, raniment au fond des yeux sombres de Minne, encore une fois, l'espoir du miracle attendu... Mais, encore une fois, il succombe seul, et Minne, à le contempler si près d'elle immobile, mal ressuscité d'une bienheureuse mort, déchiffre au plus secret d'elle-même les motifs d'une haine naissante : elle envie férocement l'extase de cet enfant fougueux, la pâmoison qu'il ne sait pas lui donner : « Ce plaisir-là, il me le vole ! C'est à moi, à moi, ce foudroiement divin qui le terrasse sur moi ! je le veux ! ou bien, qu'il cesse de le connaître par moi !... »

— Minne !

L'enfant, apaisé, soupire ce nom, et rouvre les yeux dans l'ombre colorée des rideaux. Il n'est plus méchant, il n'est plus jaloux, il est heureux et câlin, il cherche Minne à travers le grand lit...

— Minne, tu reviens ? Tu es longue !...

Comme elle ne revient pas, il se soulève, s'assied, et demeure béant à constater que Minne, corsetée, renoue dans ses cheveux l'étroit ruban de velours noir.

— Tu es folle ! tu t'en vas ?
— Mais oui.
— Où ?
— Chez moi.
— Tu ne m'avais pas dit que ton mari...
— Antoine ne rentre qu'à sept heures.
— Alors ?
— Je n'ai plus envie de rester.

Il saute du lit, nu comme Narcisse, bute sur des bottines éparses.

— Minne !... Qu'est-ce que j'ai fait pour que tu me quittes ? Je t'ai fait mal ? peut-être que je t'ai fait un peu mal ?...

Elle va parler, répondre : « Même pas ! » revendiquer sa part de joies, dire sa longue recherche, ses chutes infructueuses... Une pudeur spéciale la retient : que ce secret-là, avec les divagations d'autrefois, soit du moins son triste lot, le trésor de Minne...

— Non, je n'ai rien... Je m'en vais. Je n'ai plus envie de rester, voilà tout. J'en ai assez.

— Assez de quoi ? De moi ?

— Si vous voulez. Je ne vous aime pas suffisamment...

Elle lui assène ça comme un madrigal, en enfilant ses deux bagues. Pour lui, tout cela est un cauchemar, ou une mystification, qui sait ?

— Minne chérie, vous en avez de bonnes ! On ne s'ennuie pas une minute avec vous !

Il rit, toujours tout nu... Minne, les mains dans son manchon, le dévisage. Elle le hait. Elle en est certaine, à présent. Elle scrute cruellement, sans honte, les détails de cette figure d'enfant las, le dessous des yeux mauves, la bouche molle et rougie, la poitrine où mousse une toison blonde, les cuisses maigres et musclées... Elle le hait. Elle se penche davantage et lui dit doucement :

— Je ne vous aime pas assez pour revenir. Hier, je n'en étais pas sûre. Avant-hier, je n'en savais rien. Vous ne saviez pas, hier, que vous m'aimiez. Nous avons fait, tous deux, des découvertes.

Puis, elle glisse vivement vers la porte, pour qu'il n'ait pas le temps de lui faire du mal.

Antoine, qui revient à pied du quartier Rochechouart, se sent morne pour deux raisons : d'abord parce qu'il dégèle et que, du pavé gras, fume une vapeur à goût de torchon mouillé ; ensuite, parce que son chef agacé, l'a traité de « luthier pour momies... ».

En proie à des pensers navrants, Antoine est rentré sans tumulte, n'a pas chanté dans l'antichambre, n'a pas fait choir les parapluies suspendus aux patères de l'entrée... Il pousse la porte du salon avant que rien l'y ait annoncé et s'arrête, surpris : Minne est là, endormie sur le canapé blanc à bouquets...

Endormie ? pourquoi endormie ? Elle a posé son chapeau sur la table, jeté ses gants dans une jardinière, et son manchon, roulé à ses pieds, semble un chat accroupi dans l'ombre...

Endormie... cela ressemble si peu à Minne ce désordre insolite, ce sommeil de vaincue !... Il s'approche davantage : elle dort, la tête appuyée au dossier sec, et le pur métal de ses cheveux a coulé un peu sur son épaule... il se penche, le cœur battant, ému d'être là, vaguement pénétré de crainte et de honte, comme s'il ouvrait une lettre volée... Cette enfant qu'il adore, comme elle sommeille tristement ! Les sourcils se plissent, la bouche détendue s'abaisse aux coins, et les narines délicates, dilatées, respirent tout à coup plus fort... Ce navré visage aveugle va-t-il fondre en larmes ?

« Qu'a-t-elle de changé ? songe Antoine avec angoisse ! ce n'est plus la même Minne... D'où vient-elle, si fatiguée et si triste ? Son sommeil est désolé, et je ne l'ai jamais sentie si loin de moi. Est-ce qu'elle va recommencer à mentir ?... »

C'est un mensonge déjà, que cet assoupissement harassé, cet autre visage qu'elle ne lui montre jamais... Il recule d'un pas. Minne a remué. Ses mains tressaillent faiblement, comme les pattes des chiens qui courent en rêve, et elle s'assied en sursaut, effarée :

— C'est vous ? quoi donc ? c'est vous ?

Antoine la regarde profondément :

— C'est moi, Minne. Je rentre à l'instant. Tu dormais... Pourquoi me dis-tu *vous* ?

Minne, si pâle, s'empourpre jusqu'aux cheveux et aspire l'air, un grand coup :

— Ah ! c'est toi ! quel mauvais rêve !...

Antoine s'assied près d'elle encore étreint de doute et de malaise :

— Raconte ton mauvais rêve ?

Elle sourit, de son féminin et audacieux sourire, en secouant sa mèche blonde défaite :

— Merci ! pour me faire peur !

— Je te rassurerai, ma Minne, dit Antoine, en la prenant toute dans son grand bras.

Mais elle rit et s'échappe, frissonnante, et danse pour se réchauffer, pour s'éveiller, pour oublier la menaçante image que faisait, dans son rêve, un corps d'adolescent, nu et blond, étendu sans vie sur un tapis rouge...

Aujourd'hui, c'est dimanche, un jour qui détraque la semaine, différent des autres jours. Le dimanche, Antoine — qui croit aimer la musique depuis qu'il reconstitue des *barbytos* — emmène Minne au concert.

Minne ne saurait pas dire, vraiment, pourquoi elle est plus frileuse le dimanche. Elle arrive au concert, claquant des dents, et la musique ne la réchauffe guère, parce qu'elle l'écoute trop. Elle l'écoute, penchée, les mains jointes dans son manchon, attentive à regarder le chef d'orchestre, comme si le geste de Chevillard ou de Colonne allait enfin lever le rideau d'un spectacle mystérieux qu'on devine derrière la musique, et qu'on ne voit jamais… « Mon Dieu, soupire Minne, pourquoi rien n'est-il jamais parfait ? On attend, on attend, c'est comme une envie de pleurer qu'on a par tout le corps, et… rien n'arrive !… »

Pour ce gris dimanche de dégel, Minne se pare d'une robe grise, en velours couleur d'argent terni, et d'une étole de renard noir. Sous le chapeau couronné de plumes sombres, ses cheveux rayonnent, emboîtant la nuque d'un casque serré en or poli. Debout dans le cabinet de toilette, multipliée par la glace d'un miroir Brot, Minne s'avoue satisfaite :

« Je réalise assez bien l'idée qu'on se fait de la femme du monde. »

Puis, elle s'en va taquiner son mari, car sa propre perfection la rend volontiers autoritaire. Il s'habille dans une petite pièce, installée à la diable à côté de son bureau-fumoir : Minne ne tolère pas auprès d'elle des « affaires d'homme » qui sont noires, rudes à toucher, ni des dessous masculins. « Si, au moins, dit-elle, on pouvait mettre des rubans aux caleçons et aux gilets de flanelle, pour que ça fasse joli quand on ouvre une armoire !… »

Antoine est en train de s'habiller, formé par le collège à une célérité silencieuse.

— Allons, Antoine, allons ! gronde la petite fée en argent.

Il tourne vers elle une figure barbue et préoccupée, des yeux noirs et blancs de bon rastaquouère :

— Tiens, Minne, mets-moi donc le bouton de ma manchette gauche.

— Je ne peux pas, j'ai mes gants.

— Tu pourrais en ôter un…

Il n'insiste pas davantage, mais la même préoccupation revient peser sur ses sourcils. Minne s'admire dans le miroir incliné d'une vieille psyché reléguée dans ce coin, et qu'elle ne consulte jamais : il y a toujours quelque chose de nouveau à apprendre dans une glace inconnue...

Elle chante soudain, de sa voix de petite fille, aiguë et pure :

> *J'ai du di,*
> *J'ai du bon,*
> *J'ai du dénédinogé,*
> *J'ai du zon, zon, zon,*
> *J'ai du tradéridera ;*
> *J'ai du ver-t-et-jaune,*
> *J'ai du vi-o-let,*
> *J'ai du bleu teindu,*
> *J'ai de l'orangé !*

Antoine s'est retourné, saisi :
— Qu'est-ce que c'est que ça ?
— Ça ? c'est une chanson.
— Où l'as-tu apprise ?

Elle cherche, un doigt sur la tempe et se rappelle tout à coup que son premier amant, l'interne des hôpitaux, chantait cette paysannerie sur un pas d'obscène fantasia. Le souvenir l'amuse, et elle éclate de rire :
— Je ne sais pas. Quand j'étais petite... Peut-être dans la cuisine, avec Célénie ?
— Ça m'étonne, dit Antoine avec plus de sérieux que n'en comporte l'incident. Je l'ai connue autant que toi, Célénie...

Minne lève une main insouciante :
— Possible... Tu sais qu'il va être deux heures, et que c'est terrible pour avoir une voiture, le dimanche ?

Dans le fiacre, Antoine ne parle guère, froncé d'un malaise qu'il n'explique pas, et Minne s'avise de le réconforter, de le conseiller :
— Mon pauvre garçon, si tu as besoin de deux jours pour te remettre, chaque fois qu'on blaguera ton... chose... *barbytos*... qu'est-ce que tu feras dans la vie ? Il faut bien que quelque chose cloche, va ! et si tu n'as jamais d'autres catastrophes dans ton existence !...

Elle soupire, si comiquement et maternellement désabusée que la morose humeur d'Antoine se fond en chaude tendresse et qu'il a recouvré, en gravissant l'escalier du Châtelet, l'agressif orgueil de tout homme qui promène à son bras une très jolie créature.

— Regarde, Antoine, Irène Chaulieu... là, dans une loge, avec son mari...
— Et avec Maugis. Est-ce qu'il lui ferait la cour ?
— La belle affaire ! dit Minne impertinente. Il me la fait aussi, à moi !
— Non ?
— Parfaitement ! L'autre soir, chez les Chaulieu, si j'avais voulu...
— Pas si haut, donc ! Tu as une façon de parler bas !... Alors, Maugis a osé te... te...
— Oh ! Antoine, je t'en supplie, pas de scène conjugale ici, surtout à cause de Maugis ! ça n'en vaut pas assez la peine... Et puis, tais-toi, voilà Pugno qui s'installe.

Il se tait. Au fond il s'en fiche, de Maugis. Son malaise, récent, dépend de Minne, de Minne seule. Il pense bien, mon Dieu, il est sûr que Minne ne fait pas de bêtises ; il a peur seulement qu'elle ne recommence à mentir pour le plaisir de mentir, qu'elle ne cultive de nouveau ce jardin pervers, féerique, mal connu, où erra toute son enfance de fillette mystérieuse...

— Tiens ! le petit Couderc, remarque-t-il distraitement.

L'œil seul de Minne a bougé :
— Où donc ?
— Il vient d'entrer dans la loge de madame Chaulieu. Ce qu'ils jabotent, dans cette loge. On les entend d'ici !

Effectivement, Irène Chaulieu jase comme à l'Opéra, posée de trois quarts contre la tenture rouge, et ses paupières à l'orientale battent pour exprimer la lassitude, le désir, la défaite voluptueuse. Des dentelles authentiques et défraîchies chargent ses épaules, pendent à ses manches.

— C'est pourtant vrai, souffle Minne, qu'elle a toujours l'air de s'habiller chez les revendeuses de la rue de Provence !

Elle feint d'éplucher la toilette d'Irène, pour pouvoir épier Jacques Couderc. Qu'il a mauvaise mine, ce petit ! Et l'une de ses mains fait danser fébrilement son chapeau... Minne le méprise :

« Je déteste ces gens nerveux, qui ne savent pas cacher leurs émotions ! L'autre jour, c'était son genou qui avait la danse de Saint-Guy ; aujourd'hui, c'est son bras ! tout ça c'est des tics de dégénéré ! »

Elle se venge tout bas du bref frisson qui vient d'effleurer sa nuque... Puis, le menton tendu, attentive, elle paraît se livrer toute à *Schéhérazade*.

Sa taille se balance au rythme des flots — trombones déchaînés que crête un coup de cymbales — un sourire pâlot étire les coins de ses lèvres, quand Rimsky-Korsakov la traîne de vaisseau en harem, de naufrages en fêtes à Bagdad ; quand, au sortir du prestigieux vacarme d'un combat de géants, il la plonge jusqu'aux lèvres dans la confiture orientale — pistaches, pétales de roses qu'engluent le sucre et l'huile de sésame — d'un dialogue entre le prince et la jeune princesse... Cette musique excessive va-t-elle livrer à Minne le secret d'elle-même ?

Trop de douceur, par instants, ou bien les violons impudiques, l'irrésistible tournoiement, qu'on devine, d'une beauté voilée d'écharpes, entrouvrent çà et là des bouches sur un « ah ! » extatique...

Dans la loge d'Irène Chaulieu, un malheureux enfant cherche à comprendre ce qui lui arrive. La musique l'éparpille et il lui faut beaucoup de courage, quand les violons chantent à l'aigu, pour ne pas hurler, comme un chien près d'un orgue de Barbarie... La présence de Minne le bouleverse. Elle l'a abandonné, nu et faible, elle l'a abandonné encore ivre d'elle, avec des mots si secs et si mesurés, des yeux si noirs, si sauvagement résolus... Hélas ! l'histoire de leurs amours tient en trois lignes : il l'a vue... elle l'a séduit, parce qu'elle ne ressemble à personne... et puis elle s'est donnée tout de suite, en silence...

— Quelle chaleur dans cette salle ! soupire Irène Chaulieu.

Son éventail porte jusqu'à Jacques Couderc un parfum poisseux et lourd, et il se sent mal à l'aise... Ah ! comme une goutte de verveine citronnelle évaporée rajeunirait l'air poussiéreux ! Citrons écorchés, feuilles qu'on froisse pour qu'elles vous livrent leur verte odeur, jeunesse de l'été commençant, paille de seigle à peine blondi — le parfum de Minne, les cheveux de Minne, la peau de Minne, et ses yeux, source noire où viennent boire et se mirer les songes ! « Se peut-il que j'aie eu tout cela ? et comment l'ai-je mérité ? et comment l'ai-je perdu ? »

— Dites donc, mon petit Jacques, vous avez une fichue mine ! La noce, la pâle noce ? les coupables voluptés ? Qu'est-ce que vous vous êtes fait faire ? Ça m'amuserait de le savoir, sinon de le voir !

Il sourit à Irène, avec l'envie de la tuer, exagère sa myopie insolente :

— Si jeune, et déjà voyeuse ?

Elle lève son nez de peseuse d'or :

— Mon petit, vous avez les préjugés d'un bourgeois du Marais. Et si ça m'amuse, moi, de doubler mon plaisir par la vue du plaisir d'autrui ? Vous me faites rire, tous, avec vos prétentions d'assigner à la volupté des limites convenables ! Mon âme à moi demeure assez orientale, Dieu merci, pour concevoir et embrasser la sensualité de tous les siècles...

Elle continue, à travers les *chut* ! indignés, et n'entend même pas Maugis qui ronchonne, tout haut :

— Qu'est-ce qu'elle a encore lu depuis hier, la bougresse ?

Jacques Couderc se tait, découragé, et l'entracte vient à propos lui permettre de sortir, de remuer, de promener son mal... Un court instant, il médite d'attendre Antoine et de saluer Minne, de l'effrayer ; mais une espèce de torpeur morale l'en empêche. Tout ce qu'il veut préparer, préciser, se dissout à mesure et il descend, lâchement, le grand escalier.

Cette fuite honteuse donne à Minne, les jours suivants, une grande sûreté de soi, la conscience d'être, cette fois, la plus forte... La semaine du jour de l'an, qui trouble même les calmes abords de la place Pereire, maintient d'ailleurs Minne, de force, parmi les soucis de bonbons, de visites, de cartes et de cadeaux. Son esprit, sournois et fantasque, jamais léger, se détache de la brève et méchante aventure d'amour... Elle s'affaire comme une demoiselle de chez Boissier, rédige des listes de visites, glisse des *Christmas-Cards* dans des enveloppes, et reprend un air soucieux de fillette qui joue à la dame. Elle accueille Antoine, dès qu'il rentre, par des questions précises et malveillantes :

— Et les d'Hauville ? c'est comme ça que tu as pensé à leur petit garçon ?

— C'est vrai, je l'ai oublié !

— J'en étais sûre !

— Et cette vieille sorcière de mère Poulestin ?

— Oh ! zut ! encore une !

Il baisse un nez mélancolique.

— Enfin, mon ami, s'il faut que je sois seule pour penser à tout, vraiment, ce n'est pas un métier !...

Et puis, est-ce « un métier », je vous le demande, d'aller voir demain l'oncle Paul, ce malade hostile qu'elle devra embrasser — embrasser ! — sur son front couleur de buis ? Horreur !... Elle s'énerve d'avance, et ravage à deux mains sa chevelure :

— À quelle heure, demain, Antoine ?

— À quelle heure quoi ?

— L'oncle Paul, voyons !

— Je ne sais pas, moi. À deux heures. Ou à trois heures. On a toute la journée.

— Tu me combles ! Bonsoir, je vais me coucher, je ne tiens plus debout.

Elle s'étire, bâille éperdument, s'ennuie soudain, son ardeur rageuse tout à coup tombée, et vient offrir un coin de joue, de chignon et d'oreille au baiser de son mari.

— Tu vas te coucher, ma poupée ?... Dis donc, je...

— Quoi ?

— J'y vais aussi.

Elle le regarde félinement de côté... Il n'y a pas de doute : Antoine la suivra dans sa chambre, dans son lit... Elle hésite : « Suis-je malade ? Faut-il faire une scène et bouder ? ou m'endormir ?... Ce sera difficile... »

Difficile à coup sûr, car Antoine rôde autour d'elle, respire dans toute la pièce le clair parfum de Minne... Elle le suit des yeux. Il est grand, plutôt trop. Gauche lorsqu'il est habillé, la nudité le met à l'aise, comme la plupart des hommes bien bâtis. Un nez bossu au milieu, des yeux de charbonnier amoureux... « Voilà, c'est mon mari. Il n'est pas plus mal qu'un autre, mais... c'est mon mari. En somme, pour ce soir, j'aurai la paix plus tôt, si je consens... » Sur cette conclusion, qui contient toute une philosophie d'esclave, elle va lentement à sa chambre, et retire en marchant les épingles de ses cheveux.

L'oncle Paul est affreux à voir. Sa tête en buis durci fait peur, cette tête de missionnaire qu'on a un peu scalpé, un peu brûlé, un peu laissé mourir de faim dans une cage au soleil. Ratatiné dans un fauteuil, il joue à cache-cache avec la mort, au milieu d'une chambre peinte à la chaux, gardé par une infirmière qui a l'air d'une vache blonde. Il accueille ses enfants sans parler, tend une main desséchée et attire exprès Minne vers son crâne nu, heureux de la sentir raide et prête à crier.

Ils se comprennent admirablement, elle et lui, par-dessus Antoine. Minne, par ses yeux noirs, fixes et grands, lui souhaite la mort ; lui, la maudit à toute minute, silencieusement, l'accuse en toute injustice d'avoir fait mourir Maman de chagrin et de rendre son fils très malheureux...

Elle lui demande de ses nouvelles, d'une voix ralentie. Il trouve un souffle pour la complimenter de sa robe gris d'argent. S'ils vivaient dans la même maison, on ne sait pas ce qui pourrait se passer.

Aujourd'hui l'oncle Paul s'amuse à retenir Minne longtemps.

— Ce n'est pas tous les jours le premier janvier, articule-t-il en suffoquant.

Il provoque et prolonge, en respirant très fort, une quinte de toux, dont les nausées finales font blanchir et frémir les joues de Minne. Quand il a repris haleine, il donne des détails minutieux sur ses fonctions naturelles, et surprend avec bonheur le regard révolté de sa belle-fille. Puis il rassemble ses forces et commence lentement à parler de la mort de sa sœur...

Cette fois, c'est un vain gaspillage d'énergie : Minne, qui se sent tout à fait innocente du trépas de Maman, écoute sans remords, se détend peu à peu, trouve un mot, un sourire triste et tendre... « Elle est bien forte ! » se dit le moribond, indigné. Et, lassé du jeu, il met fin à la visite.

Dehors, sous la nuit piquante et glacée, Minne a envie de danser. Elle donne un nickel à un pauvre, prend le bras d'Antoine, et pense, généreuse en sa joie d'évadée : « Si Jacques Couderc était là, ma parole, je l'embrasserais ! »

Toute la soirée, elle remue, bavarde, rit toute seule. L'eau noire de ses yeux bouge et scintille, une fièvre charmante anime son teint, Antoine la contemple, mélancolique et attentif. Un moment, elle s'arrête de rire pour sourire, et son visage change. Oh ! ce sourire de

Minne ! ce provocant et délicieux sourire qui remonte les pommettes, transforme l'arc de la bouche et tire les coins des paupières ! ... Pour la seconde fois, Antoine s'efforce de découvrir, sur la figure de Minne, un autre visage, un masque qu'y pose légèrement le sourire... Il se sent le cœur flottant et mal à l'aise, comme le jour où il l'a vue dormir sur le canapé... Dans ce sommeil soucieux qui la trahissait, comme dans ce secret sourire voluptueux où apparaît une autre femme, Minne lui échappe... Cette fois, ce n'est qu'un éclair ; car Minne bâille en chatte, crispe ses griffes sur le vide, et annonce qu'elle va se coucher.

Minne ne peut pas se coucher tout de suite. Enveloppée dans sa robe blanche de moine, elle ouvre sa fenêtre pour « voir le froid ».

Elle lève la tête, et le halètement des étoiles la surprend. Comme elles tremblent ! Cette grosse, là, au-dessus de la maison, elle va sûrement s'éteindre : on l'aura accrochée dans un courant d'air...

Ayant assez joué à goûter le froid, Minne ferme la fenêtre et se tient debout contre la vitre, trop légère, trop délicatement exaltée ce soir pour se coucher, reprise par l'absurde et ardente certitude que le bonheur peut encore fondre sur sa vie comme une catastrophe merveilleuse, comme une brusque fortune, qu'elle le mérite, qu'on le lui doit. L'homme qui fera d'elle une femme ne porte point de signes mystérieux, sans doute, et si elle le trouve, ce sera par hasard. Le hasard jadis s'appelait miracle... L'effort d'un carrier, plus d'une fois, creva d'un coup de pic aveugle la prison où dormait une source...

Irène Chaulieu a donné rendez-vous à Minne, au Palais de Glace, vers cinq heures.

Son « jour » ne suffit pas à la petite Israélite infatigable, qui considère le désœuvrement et la solitude comme des maladies. Tous les jours, elle rassemble en quelque thé des amis, des ennemis, d'anciens amants restés dociles... La longue galerie du Fritz connaît ses traînes de dentelles, ourlées de zibeline. L'Empyrée-Palace et l'Asturie résonnent de sa voix coupante, qui glapit quand elle croit chuchoter. Le Palombin vieux jeu, le discret Afternoon de la place Vendôme, tous perdent le repos, les jours où Irène Chaulieu y retient sa table. Aujourd'hui, c'est le Palais de Glace. Minne, qui y pénètre pour la première fois, a revêtu une toilette sombre d'honnête femme à son premier rendez-vous, et les ramages d'une voilette d'application tatouent de blanc son fin visage invisible : deux trous d'ombre impénétrable, une fleur rose voilée décèlent seulement les yeux et la bouche.

— Ah ! Voilà sainte Minne ! D'où sortez-vous sous cette muselière ? Maugis, donnez votre place à cette enfant. Antoine va bien ? Prenez donc un grog bouillant : on respire la mort ici. Et puis, faut être adéquat aux ambiances, comme disait feu la *Revue Héliotrope*. Moi, je bois du thé en Angleterre, du chocolat en Espagne, de la bière à Munich...

— Je ne savais pas que vous aviez tant voyagé ! glisse la voix suave de Maugis.

— Une femme intelligente a toujours beaucoup voyagé, vieil alcoolique !

Maugis, gilet clair, jabot en avant comme une poule grasse, plastronne pour Minne, qui semble n'en rien voir. Elle regarde autour d'elle, déçue, après avoir pesé de l'œil les « ombres » de ce five-o'clock. Pas brillante, la bande, aujourd'hui ! Irène a amené sa sœur, un monstre batracien sans jambes, gibbeux, impossible à marier, qu'elle nourrit, terrorise, et contraint à une muette complicité. Les habitués du salon Chaulieu ont donné à cette duègne tératologique le nom significatif de « Ma sœur Alibi ».

À côté de Maugis, un vague bas-bleu sirote un cocktail très foncé. L'Américaine, la « belle Suzie », s'absorbe en un duo chuchoté avec son voisin, un sculpteur andalou à barbe de Christ : on ne voit d'elle qu'une nuque courte et solide, des épaules carrées, un nez court et velouté de bête sensuelle... Il y a, enfin, Irène, mal ficelée et de mauvaise humeur. Minne détaille avec un calme plaisir le maquillage voyant des joues et des lèvres, l'excès de bijoux au col et aux mains nues...

Minne attend que Maugis, debout derrière elle, reprenne leur flirt. Il la couve d'un regard dont l'alcool a terni le bleu naïf, et se tait, cherchant à retrouver, sous la robe tailleur, la ligne tombante des épaules, les bras pâles et veinés, les deux petites salières attendrissantes... Patiente, Minne s'occupe au tournoiement des patineurs. Cela, du moins, est nouveau, un peu étourdissant à regarder et de minute en minute plus captivant. Elle se surprend à suivre, d'une inclinaison du buste, l'élan qui courbe tous les patineurs comme des épis sous le vent... La lumière haute cache les visages sous l'ombre des chapeaux, un reflet de neige monte de la piste écorchée, poudrée de glace moulue. Les patins ronronnent et, sous leur effort, la glace crie comme une vitre qu'on coupe. L'air sent la cave, l'alcool, le cigare... une molle valse conduit la ronde.

Des femmes très parées frôlent le coude de Minne : ce sont celles-là qu'elle voudrait voir patiner, toutes plumes tournoyantes, les jupes élargies en toupie... Mais celles-là, justement, ne descendent pas sur la piste...

— Minne, vous avez vu Polaire ?

— Non ; comment est-elle ?

— Ça, c'est bien vous, par exemple ! Vous resterez, dans mon esprit, la femme qui ne connaît pas Polaire ! Là, tenez : elle passe.

Deux silhouettes valsantes : l'une mince, étranglée à la taille, épanouie à la jupe, semble moins une femme qu'une de ces apparences de vases créées par la giration d'un fil d'archal incurvé... Minne n'a pas vu le visage de la valseuse, — une tache pâle, renversée dans des cheveux noirs, — ni de pieds — un éclair d'acier, le coup de queue d'un poisson au soleil..., mais elle demeure charmée, attendant que repasse le couple de patineurs enlacés... Cette fois, elle a senti le souffle des jupes étendues, distingué l'extase du pâle visage renversé...

« La seule ivresse du tournoiement, la vitesse des pieds ailés peut donc suffire à peindre sur un visage cette mort bienheureuse ? Je voudrais, moi aussi... Si je pouvais apprendre ! Tourner, tourner à en mourir, renversée, les yeux fermés... »

Son nom, prononcé à demi-voix, l'éveille...

— Madame Minne a l'air bien absorbée, vient de dire Maugis.

— Elle pense à son flirt, réplique Irène Chaulieu.

— Quel flirt ? consent à demander Minne.

Irène Chaulieu se penche par-dessus la table, traînant dans les tasses les queues de sa zibeline ; sa bouche fardée se gonfle du besoin de parler, de mentir, de calomnier, de tout savoir...

— Mais le plus malheureux d'entre tous, le petit Couderc ! On ne parle que de ça, ma chère, on sait comment vous l'avez reçu !

Les yeux de Minne rient derrière la dentelle : « C'est plutôt lui, jusqu'à présent, qui m'a reçue !... »

— ... On voit sa petite gueule démolie depuis le jour où vous l'avez envoyé... aimer ailleurs, on le rencontre dans des tripots, il perd tout ce qu'il veut à la Ferme, enfin, quoi ! on parlerait moins de vous deux, si vous aviez couché ensemble !

— C'est un conseil ? demande la douce petite voix de Minne.

— Un conseil, moi ? ah ! ma chère amie, ce n'est pas parce que Maugis est là, mais ce n'est pas moi qui irais prôner à mes amies des gigolos de vingt-trois ans ! Ça n'est bon qu'à vous engrosser, ou ça vous demande de l'argent, ou bien ça se crampone, et vous parle de menaces, de suicides, de revolvers et de tous les scandales !

Minne fronce les sourcils... Où donc a-t-elle vu sur un tapis rouge un gracieux corps d'adolescent, nu et blanc, étendu... Ah ! oui, ce mauvais rêve !... Elle frissonne sous l'étole de renard noir, et Maugis, qui la regarde avec une gourmandise dévote, suit, de la nuque aux reins, le sillage du frisson...

— Allons, Maugis, ne vous excitez pas ! conseille Irène. La glace vous fait un drôle d'effet aujourd'hui !

— C'est mon heure, bouffonne le journaliste. On ne peut pas s'imaginer ce que je suis brillant, entre cinq et sept !

L'éclat de rire d'Irène couvre le ronron des patins, coupe le duo extasié de la belle Suzie et du sculpteur andalou, qui rapprochent leurs visages ébahis d'amants qu'on éveille. Seul, le monstre batracien, accroupi en idole hindoue, n'a pas souri.

— Moi, affirme crânement Irène, je serais plutôt du matin. Quoique, pourtant, l'après-midi... ou le soir, très tard...

Maugis joint des mains admiratives :

— O riche nature ! est-il vrai que l'abondance rend généreux ?

Elle l'écarte, du bout de ses doigts aux ongles polis :

— Attendez ! Minne n'a rien dit... Minne, c'est votre tour. J'attends vos impressions d'alcôve. Vous m'agacez, à rester là, les mains dans votre manchon !

Minne hésite, avance un menton câlin, et fait l'enfant :

— Moi, je ne sais pas : je suis trop petite ! Je parlerai après tout le monde !

Elle désigne le couple hispano-américain, assis genou à genou. L'Américaine, d'ailleurs, n'y met pas de façons :

— Moi, ça dépend de qui, avoue-t-elle. Mais toutes les heures sont aussi bien.

— Bravo ! crie Irène. Vous y allez bravement de votre « petite mort », vous, au moins !

La belle Suzie rit lentement, fronce un mufle frais et félin :

— Petite mort ? Non, ce n'est pas… C'est plutôt comme quand la balançoire va trop haut, vous savez ? Ça coupe en deux, on retombe et on crie : « Ha ! »

— Ou bien : « Maman ! »

— Taisez-vous, monsieur Maugis ! Et on recommence.

— Ah ! on recommence ? Mes compliments à monsieur votre… escarpolette !

Irène Chaulieu mordille une rose et réfléchit, les yeux droit devant elle… De courtes émotions passent sur sa belle figure de Salomé…

— Moi, commence-t-elle, je trouve que vous êtes tous des égoïstes. Vous ne parlez que de votre plaisir, de votre sensation, comme si celle de… l'autre n'était pas d'importance. Le plaisir que je donne vaut quelquefois plus que le mien…

— Tant y a que la façon de… donner, interrompt Maugis.

— Zut, vous ! Et puis, l'escarpolette… non, c'est pas ça du tout. Moi, c'est le plafond qui crève, un coup de gong dans les oreilles, une sorte de… d'apothéose qui m'est due, l'avènement de mon règne sur le monde… et puis, je t'en fiche ! ça ne dure pas !

Emballée, Irène Chaulieu semble goûter quelque mélancolie sincère…

Quasi déserte, écorchée, dépolie, la piste de glace jette aux visages un blafard reflet. Un long gaillard, vêtu de drap vert collant, le polo sur l'oreille, fend la piste d'un élan oblique de nageur…

— Il n'est pas mal, celui-là…, murmure Irène… Dites donc, vous, la Minne, j'attends toujours votre mot de la fin ?

— Oui, insiste Maugis, vous nous devez le terminal cul-de-lampe, si j'ose dire, de ce mémorable plébiscite !

Minne se lève, et tend sa voilette sur son menton, en avançant une petite bouche de carpe :

— Oh ! moi, je ne sais pas... Vous comprenez, je n'ai jamais eu qu'Antoine...

Son succès de rire l'interloque un peu... Dans le cirque vide, les rires se doublent en écho. Des femmes se retournent vers le groupe. L'homme au collant retraverse la piste en danseuse, un pied levé... Suivi du monstre bossu, Irène trottine vers la sortie, l'œil sur le patineur vert :

— Il n'est pas mal, ce garçon, décidément ; hein, Minne ?

— Oui...

— Il a quelque chose de Boni de Castellane, en plus robuste. Ah ! si on ne se tenait pas !... Mais on se tient. Ils sont gâtés par les grues à béguins, et, quand on a une faiblesse pour eux, tout Paris le sait le lendemain !

Elle secoue, d'un haussement d'épaules, toutes ses queues de zibeline, et congédie le bas-bleu miséreux. Puis, comme Maugis s'attarde, elle grince :

— Allons ! gros plein d'alcool, quand vous aurez fini de lécher les gants de Minne !

L'Américaine et le sculpteur andalou ont disparu, on ne sait où ni comment. De plus en plus grincheuse, Irène déclare, pendant qu'un chasseur hèle son automobile, que « la belle Suzie s'est encore fait lever » et que « bientôt pas une femme honnête ne voudra se montrer avec elle » !

Minne sent ses ailes pousser.

Depuis huit jours, à deux heures, le métropolitain l'emmène, court-vêtue, au Palais de Glace. Les premières séances ont été dures : Minne, horrifiée de sentir fuir sous elle un sol savonneux, criait menu, d'une voix de souris prise, ou, muette, les yeux dilatés, cramponnait aux bras de son professeur de petites mains de noyée. La courbature aussi fut cruelle, et Minne, à son réveil, souffrait de « deux os nouveaux, très méchants », plantés le long de ses tibias.

Mais les ailes poussent... Un roulis harmonieux, a présent, balance Minne sur la glace, plus vite, encore plus vite... jusqu'à l'arrêt en pirouette. Minne quitte le bras de l'homme en vert, croise ses mains dans son manchon, s'élance, et glisse, droite, les pieds joints...

Mais ce qu'elle voudrait, c'est valser comme Polaire, perdre la notion de tout ce qui existe, pâlir, mourir, devenir la spirale de papier qui vire dans l'air chaud au-dessus d'une lampe, devenir la banderole de fumée qu'enroule à son poignet le fumeur absorbé...

Elle essaie de valser, et s'abandonne au bras du gaillard en polo, mais le charme n'opère pas : l'homme sent le cervelas et le whisky... Minne, écœurée, lui échappe et glisse seule, les bras tombés, relevant, d'un geste encore craintif, des mains de danseuse javanaise...

Elle travaille tous les jours, avec la persistance inutile d'une fourmi qui thésaurise des fétus. Sa mélancolie désœuvrée s'amuse, et le sang monte à ses joues pâles. Antoine est content.

Aujourd'hui, l'ardeur têtue de Minne redouble. C'est à peine si elle a vu, dehors, que mars amollit les bourgeons, fonce l'outremer du ciel, qu'un printemps chétif exalte l'odeur des bouquets à deux sous, réséda corrompu, violettes fatiguées, jonquilles niçoises qui sentent le champignon et la fleur d'oranger...

Minne glisse sur la piste presque déserte, raie la glace avec le bruit d'un diamant sur une vitre, tourne court en s'inclinant comme une hirondelle... une ligne de plus, et son patin touchait la bordure ! Elle a heurté, sans le voir, un coude appuyé, puis elle se retourne en murmurant :

— Pardon !

L'homme appuyé, c'est Jacques Couderc. Une inexplicable colère la grise tout à coup, devant cet humble et livide visage, ces yeux mornes qui la suivent...

« Comment ose-t-il ?... C'est abominable ! Il vient me montrer sa pâleur comme un mendiant exhibe son moignon, et ses yeux disent : « Regarde-moi maigrir ! » Mais qu'il maigrisse ! qu'il fonde ! qu'il disparaisse ! que je perde enfin la vue de cet être... de cet être... »

Elle tourne sur la glace, comme un oiseau affolé sous une voûte, résolue pourtant à ne pas céder la place... C'est lui qui cède, et qui s'en va.

Mais sa victoire la laisse, cette fois, un peu fourbue, tremblante sur ses jarrets fins. Elle a pris son parti. Puisque Jacques ne veut pas se détacher d'elle, qu'il meure !... Elle le supprime de la vie, redevenue la petite reine cruelle qui, dans ses songes enfantins, dispensait le poison et le couteau à tout un peuple imaginaire.

*L*e lendemain, Minne s'éveille comme si elle devait prendre un train matinal. Les gestes de sa toilette s'accomplissent avec une hâte décisive. Antoine, pendant le déjeuner, reçoit des avis brefs, jetés en projectiles sur sa tête innocente. Elle bat du pied le tapis, suit chacun des mouvements de son mari ; s'en ira-t-il enfin ?

Il y songe. Mais, auparavant, debout contre la cheminée, il mire, inquiet, sa figure de brigand débonnaire et empoigne sa barbe à deux mains :

— Minne, si je faisais couper ma barbe ?

Elle le regarde une seconde, puis part d'un rire si aigu et si insultant qu'Antoine souffre de l'entendre...

Une nuit qu'il la possédait, pressé, haletant, elle a ri de cette manière insupportable, parce que la poire de la sonnette électrique, contre le rideau du lit, battait le mur d'un tic-tac régulier d'érotique métronome... C'est à cette méchante nuit que pense Antoine, en regardant Minne. Elle a ri si fort que deux petites larmes claires tremblent à ses cils blonds, et les coins de sa bouche tressaillent comme après les sanglots...

Quelque chose de dur les sépare. Il voudrait lui dire : « Ne ris pas ! Sois douce et petite comme tu l'es quelquefois. Sois moins subtile, moins lointaine ; mets quelque indulgence à m'être supérieure. Que tes yeux noirs sans bornes ne me jugent pas ! Tu me trouves bête parce que je fais la bête volontiers. Si je pouvais, je m'abêtirais encore, jusqu'à ne pouvoir que t'aimer ; t'aimer sans pensée, sans ces crises de fine souffrance que ton dédain, ou ta seule dissimulation, sont si puissants à m'infliger... »

Mais il se tait, et continue machinalement de tenir sa barbe à deux mains...

Minne se lève, hausse les épaules :

— Coupe ta barbe, va ! Ou ne la coupe pas ! Ou bien coupes-en une moitié ! Tonds-toi en lion comme les caniches. Mais fais quelque chose, et remue, parce que c'est terrible de te voir là, statufié !

Antoine rougit. Rajeuni par l'humiliation, il pense : « Elle a de la chance d'être ma femme en ce moment-ci, parce que, si elle n'était que ma cousine, elle prendrait quelque chose ! » Et il part, stoïque, sans embrasser sa femme.

Seule, elle court à la sonnette :

— Mon chapeau, mes gants ! vite...

Elle s'énerve, elle court... Ah ! que la vie est belle, dès que la lueur d'un danger la dore ! Enfin, enfin ! ... Un coup d'œil sur ce petit Couderc livide, puis je ne sais quelle tiédeur fade de l'estomac, puis ce tremblement des jarrets l'ont avertie : c'est l'aube d'un péril, c'est la menace qui peut-être s'ignore... Un péril assez grand pour remplir le désert de la vie, pour suppléer au bonheur, à l'amour — ah ! quel espoir !... Elle court, et ne s'arrête qu'au seuil du Palais de Glace, pour composer son visage et dompter sa respiration... Puis, soignant son entrée, elle descend sur la piste, une main sur la manche de l'homme au drap vert.

— Ah ! mon lacet, s'il vous plaît...

Elle se penche, découvre sa cheville fine et sèche, un peu de son mollet... « Jambes de page, des merveilles... » Cambrée, elle file, les yeux vagues, avec un sourire d'acrobate. Elle sait qu'il est là, accoudé. Elle n'a pas besoin de le regarder. Elle le voit au fond d'elle-même, elle dessinerait d'une main sûre toutes les ombres, toutes les lignes creuses qu'ont tracées, sur ce visage d'enfant amaigri, les progrès du poison. Elle glisse, fiévreuse et fière, ravie de se dire : « S'il m'accoste, va-t-il me saluer ou me tuer ? »

Le jeu passionnant se prolonge. « Je ne partirai pas la première ! » se jure Minne, dont tout l'être tendu se dresse pour la lutte. L'arène se peuple. On regarde beaucoup Minne, qui pâlit et s'essouffle sans qu'en souffre sa grâce. L'autre est toujours là. Un instant, elle va s'adosser à la bordure de la piste, droite, bras croisés. L'autre, en face d'elle, assis devant un grog, attend... Elle pense qu'il est tard, qu'Antoine va rentrer et s'inquiétera, elle flaire le guet-apens de la sortie, les larmes, les supplications qui se feront menaçantes...

— Mes hommages, madame, je les mettrais à vos pieds s'ils n'avaient déjà chaussé leurs patins !

Qui donc a parlé dans son rêve ? Minne reconnaît cette voix étouffée et douce... Elle tourne vers l'interlocuteur des yeux de somnambule et se souvient de lui lentement, comme de très loin...

— Ah ! oui... Bonjour, monsieur Maugis.

Il baise son gant ; elle observe son crâne large, bossué, son nez court d'individu spontané et violent, ses yeux bleus qui furent purs, et sa bouche de gros enfant boudeur...

— Vous êtes fatiguée, petite madame ?

— Oui, un peu... J'ai beaucoup patiné...

— Jeunesse égoïste ! Ce petit Couderc vous aura encore fait valser jusqu'à la mort ?

Minne croise les bras d'un geste qui atteste :

— Je n'ai jamais patiné avec M. Couderc !

Maugis ne sourcille pas :

— Je le savais...

— Ah !...

— Oui, je le savais. Seulement, ça m'est agréable de vous l'entendre dire. Vous partez ? Je vous mets en voiture, n'est-ce pas ?

Elle acquiesce, se fait aimable, à cause de l'autre, *l'autre* qui s'est levé et jette de la monnaie sur la table. Elle s'arrête, il s'arrête... Comme elle cherche la sortie la plus proche, elle voit Jacques Couderc faire en même temps qu'elle trois pas vers la gauche, puis trois pas vers la droite... Le joli jeu ! on dirait une pantomime anglaise. Les clowns qui font beaucoup rire ont ce teint de farine, cette comique raideur de cadavre distingué...

— Sortons ! dit Minne tout haut.

Le pantin, de l'autre côté de la piste, emboîte le pas au couple. Décidée à tout risquer, Minne se penche vers Maugis, l'effleure de l'épaule, rit de profil, et tout son dos onduleux frissonne d'aise et d'espoir... « Vienne le couteau, ou la balle, ou le jonc de fer sur la nuque ! prie-t-elle tout bas ; mais vienne au moins quelque chose, quelque chose d'assez horrible ou d'assez doux pour m'arracher la vie ! »

Près du vestiaire, elle s'arrête, brusque, et se retourne. Le pâle enfant, qui les suit à distance, s'arrête aussi.

— Monsieur Maugis, une minute ; n'est-ce pas ? Je retire mes patins et je vous rejoins... Vous seriez si gentil de m'appeler une voiture...

Tandis que le critique s'empresse, courant d'un petit pas léger d'homme gras, les deux amants, immobiles, demeurent seuls parmi des inconnus. Le furieux éclat des yeux de Minne somme Jacques Couderc d'oser, d'agir, le défie et l'accable... Mais le fil somnambulique qui l'attachait à elle semble casser tout à coup, et il passe, lâche, les épaules veules...

Dehors, un crépuscule de printemps mélancolise l'avenue ; l'ombre mauve, piquée de feux jaunes, descend si moite et si caressante qu'on cherche dans l'air quelle palme parfumée, quelle ramure fleurie frôle la joue... Tant de douceur surprend les nerfs bandés de Minne, qui boit dans un grand soupir une gorgée de brise tiède...

— Oui, n'est-ce pas ? répond Maugis à ce soupir tremblé. Regardez-moi ce vert du couchant, là-bas, il me bleuit l'âme !

— Qu'il fait doux !... Est-ce que vous avez demandé un fiacre, monsieur Maugis ?

— Vous y tenez beaucoup, à votre sapin ? Il ne passe que des maraudeurs infâmes, ou des bagnoles à galerie...

— Oh ! non, au contraire, j'aimerais tellement mieux rentrer à pied !...

Et, sans attendre, elle allonge le pas, silencieuse...

— Ah ! petite madame, souffle son compagnon, voici l'heure, pour moi, de regretter Irène Chaulieu...

— Par exemple !... Pourquoi ?

— Parce qu'elle est courte sur pattes — six pouces de jambes et la nuque tout de suite — et qu'à ses côtés je suis l'homme de belle stature, le nonchalant et élancé jeune homme. Tandis qu'avec vous... nous avons l'air d'une fable : « Un bouledogue, un jour, aimait une levrette... » Mais, à domicile, je reprends tous mes avantages ! Je suis, à ne vous rien cacher, l'homme des cinq à sept, l'homme d'intérieur, celui des conversations d'après aimer. (Bon Dieu ! déjà la rue de Balzac ! Il faut qu'à l'Étoile je n'aie plus rien à vous avouer !) Je suis, disais-je, celui qui inspire confiance, qui reçoit la confidence et ne la rend jamais, je conseille et je loue. Faut-il ajouter que je fais les boissons glacées, le thé, la femme de chambre, et...

— Et que vous ne parlez jamais de vous ? interrompt Minne, malicieuse.

— Chamfort l'a dit : « Parler de soi, c'est faire l'amour. »

— Il a dit ça, Chamfort ?

— À peu près. Ce n'était pas un tempérament exigeant.

— En effet !

— Nous sommes tous comme ça, nous autres auteurs célèbres, jolie petite madame. Un peu fatigués, mais tant de charme ! Et si vous vouliez...

— Si je voulais quoi ?

Elle s'arrête à l'angle d'un trottoir, penchée, coquette, accessible... Maugis voit ses dents briller, cherche en vain ses yeux sous le large chapeau...

— Eh bien, c'est pas pour charrier, mais j'ai chez moi des flopées de kakemonos, de Çakia-Mouni et de Kamasouthras...

— Qu'est-ce que c'est que tout ça ?

— Des peintres japonais, parbleu ! Oui, nous en avons, nous en avons, dis-je, de quoi occuper une semaine de visites honnêtes. Vous viendrez ?

— Je ne sais pas... Peut-être... oui...

— Mais, vous savez, pas de blagues ! Je suis un homme sérieux ! Vous me jurez d'être sage ?

Elle rit, ne promet rien, et le quitte, sur un adieu gentil du bout des doigts.

« Ah ! la jolie gosse ! soupire Maugis. Dire que, si je m'étais marié, c'est peut-être comme ça que serait ma fille !... »

Quand Minne arrive, essoufflée, Antoine est à table. Il est à table et mange son potage. Il est à table, le fait est certain. Minne, suffoquée, n'en peut croire ses yeux. Dans la salle à manger on n'entend que le bruit agaçant de la cuiller sur l'assiette. À chaque va-et-vient du bras d'Antoine, le ventre poli de la lampe de cuivre reflète une main monstrueuse, le bout d'un nez fantastique.

— Comment ? tu es à table ? Quelle heure est-il donc ? Je suis en retard ?

Il hausse les épaules :

— Toujours la même chanson ! Naturellement, tu es en retard ! Peux-tu faire autrement ? Il faudrait que le Palais de Glace brûle, pour que tu rentres !

Minne comprend que c'est la « scène », la première digne de ce nom. Elle ne fera rien pour l'éviter. Elle retire de son feutre les longues épingles, violemment, comme de leur gaine autant de poignards, et s'assied, face au danger.

— Il fallait venir m'y chercher, mon cher. Tu aurais pu me surveiller à ton aise !

— Avec ça qu'on est jamais à l'aise, quand on surveille ! laisse échapper Antoine.

Minne, indignée, saute sur ses pieds :

— Ah ! tu l'avoues : tu me surveilles ! C'est nouveau, ça, et flatteur !

Il ne répond rien, et effrite la croûte de son pain sur la nappe.

Oui, il la surveille. Minne, l'esprit ailleurs, n'a pas fait assez attention à Antoine, depuis quelque temps. Il change ; il parle et mange moins, et dort peu, lentement pénétré d'un souci à triple visage : Minne ! Le sourire, puis le sommeil tourmenté, puis le rire insultant de cette petite Hécate se superposent dans l'esprit d'Antoine pour y graver la face mystérieuse d'une inconnue, d'une étrangère...

« J'y ai mis le temps », se dit-il avec une ironie triste.

Il a emporté à son bureau, dans sa serviette, des photographies de Minne à tous les âges, pour les comparer. Ici, elle avait sept ans, une figure pointue de chaton maigre. La voici à douze ans, avec de longues boucles, et quels yeux, déjà ! « Il fallait être idiot pour ne pas s'inquiéter de pareils yeux !... » Et, là, raidie, gauche, la bouche triste : c'est l'année où on l'a trouvée évanouie à la porte, les cheveux pleins de boue...

« Oui, oui, j'ai été idiot, et je le suis encore ! Mais, bon Dieu ! elle est à moi, à moi, et je finirai bien par... » Mais il ne sait par où commencer, et, maladresse de jeune homme, débute dans une enquête par une scène.

Son tourment est devant lui, sérieux et farouche. Qu'est-ce encore que cette lèvre relevée, blanche de colère ? Encore un détail inconnu de cette figure dont il croyait tout savoir, jusqu'à la nacre mauve des paupières, jusqu'aux arbres fins des veines ? Va-t-elle, chaque jour, lui rapporter une beauté changée, pour le bouleverser d'inquiétude ?...

— Tu ne manges pas ?

— Non. Tu as, pour mettre les gens en appétit, un procédé auquel il me faudra le temps de m'habituer.

« C'est cela, rage Antoine : elle s'en va, je ne sais où, pendant que je trime, et c'est elle qui va me flanquer un galop ! Ah ! quel mari j'ai été jusqu'ici !... »

— Alors, je ne peux rien dire ? crie-t-il. Tu peux courir des journées entières, je ne sais pas avec qui, je ne sais même pas où, et, si je risque une observation, Mademoiselle s'en va...

— Pardon : Madame ! interrompt-elle froidement. Tu oublies que nous sommes mariés.

— Tonnerre de Dieu ! non, je ne l'oublie pas ! Il faut que ça change, et nous allons voir...

Minne se lève, plie sa serviette.

— Qu'est-ce que nous allons voir, sans indiscrétion ?

Antoine fait de prodigieux efforts pour rester calme et pique la nappe du bout d'un couteau. Sa barbe tressaille, son nez chevalin se barre d'une grosse veine qui bat... Minne, les mains lentes, redresse, dans la verdure du surtout, une fougère qui tremble...

— Nous allons voir ! éclate-t-il. Nous allons voir pourquoi tu n'es plus la même !

— La même que quoi ?

Elle se tient debout en face de lui, les mains à plat sur la table. Il regarde cette tête attentive, ce fin menton triangulaire, ces yeux indéchiffrables, ces cheveux en vague argentée...

— La même qu'avant, parbleu ! Je ne suis pas aveugle, que diable !

Elle garde sa pose discuteuse et songe : « Il ne sait rien. Mais il va devenir ennuyeux. » D'une caresse, d'un bras posé sur l'épaule, elle le materait, l'attirerait, confus, épris, tout chaud de chagrin, contre elle... Elle le sait. Mais elle n'étendra pas la main vers son mari. Ce brusque éveil d'Antoine, la poursuite du petit baron Couderc qui traque et ne menace point encore, Minne les enregistre, passive, comme les gestes de son destin.

Antoine mâche une violette et regarde le ventre poli de la lampe. L'effort de sa pensée, l'attention qu'il porte à écouter croître en lui son mal courbent sa nuque, remontent sa mâchoire inférieure... Minne n'a-t-elle pas vu ailleurs, dans un lointain autrefois, cette face régulière de brute ? La tribu que chérirent ses songes enfantins abondait en nuques courtes, en mâchoires bosselées de muscles, en fronts étroits envahis de toisons rudes...

Le soupir si léger de Minne a troublé le silence. Antoine se lève, presque à jeun, et va s'échouer au salon, sur le canapé qui porta Minne et son coupable sommeil. Un journal traîne là, qu'il ouvre et replie avec un bruit exagéré...

« *En Mandchourie...* Ah ! bien, ils peuvent tous crever, les blancs et les jaunes !... Et les théâtres, donc ! *Indiscrétion d'avant-première.* Peuple de badauds que nous sommes... *Vraie jeune fille du monde désire mariage... Cabinet Camille, renseignements de toute nature, filatures, enquêtes délicates...* Sales boîtes à chantage !... » Il se sent tout à coup fatigué, seul, malheureux. « Je suis malheureux ! » répète-t-il tout bas, avec l'envie de redire tout haut ces trois mots, pour que le son de sa voix l'amollisse encore, le dissolve en larmes apaisantes. Un bruit grignoteur vient de la salle à manger ; par la porte entrebâillée, Antoine peut apercevoir sa femme : assise en amazone sur le bord de la table. Minne picore un compotier, écrase des amandes sèches...

« Elle a dîné ! songe Antoine. Elle a dîné : donc elle ne m'aime pas ! » Il veut désormais s'appliquer au silence, à la dissimulation, et reprend son journal :

« *Cabinet Camille, enquêtes délicates...* »

Minne, pouvez-vous me recevoir un jour de cette semaine, demain, par exemple ? Si vous ne voulez pas venir chez moi, vous pourriez me fixer un rendez-vous au British : avant quatre heures, il n'y a jamais personne.

Jacques.

« Quelle bête de lettre ! » se dit Minne en haussant les épaules. « Il écrit comme un commis de magasin, ce petit Couderc. »

Elle relit : « Minne, pouvez-vous me recevoir... » et demeure pensive, l'index entre ses dents coupantes. Ce billet, dans sa gaucherie, est inquiétant. Et puis la raideur de l'écriture, l'absence de formule respectueuse ou tendre... « Si je demandais conseil à Maugis ? » À cette idée baroque, son audacieux sourire s'épanouit. Elle marche nerveusement dans sa chambre, tambourine la vitre qu'effleure un bourgeon de marronnier, gonflé et pointu comme une fleur en bouton... Le vent faible, qui sent la pluie et le printemps, soulève le rideau de tulle. Une désolation sans but, un vide désir enivre le cœur de l'enfant solitaire, que son indifférence physique garde iniquement, absurdement pure après ses fautes, et qui cherche, parmi les hommes, son amant inconnu.

Elle les touche, puis les oublie, comme une maîtresse en deuil, sur un champ de bataille, retourne les morts, les regarde au visage, et les rejette et dit : « Ce n'est pas lui. »

— Monsieur Maugis ?

— Il est sorti, mademoiselle.

Minne n'avait pas prévu cela.

— Vous ne savez pas quand il rentrera ?

— L'irrégularité de ses habitudes ne permet guère de le conjecturer, mademoiselle.

Étonnée, « Mademoiselle » lève les yeux sur l'homme qui parle, et reconnaît que ce visage rasé n'est pas celui d'un valet de chambre. Elle hésite :

— Puis-je laisser un mot ?

Le jeune homme imberbe dispose en silence, sur la table de l'antichambre, ce qu'il faut pour écrire. Il évolue avec une prestesse de danseur et ondule des hanches.

« *Cher Monsieur, je suis entrée en passant...* »

Minne n'écrit pas facilement. Son imagination, qui dessine à traits hâtifs, mordants, refuse le lent secours de l'écriture.

« *Cher Monsieur, je suis entrée en passant...* Et cet être qui reste derrière moi ! A-t-il peur que j'emporte du papier à lettres ? »

Une porte s'ouvre, et une voix connue, la voix de jeune fille alcoolique, résonne, douce, aux oreilles de Minne :

— Hicksem, faites donc entrer madame dans le salon. Chère madame, vous excuserez la sévérité d'une consigne qui protège mon austère solitude...

Maugis efface son jabot rondelet pour laisser passer Minne qui pénètre, éblouie d'un flot de lumière jaune, dans une longue pièce meublée de chêne fumé.

— Oh ! c'est tout jaune, s'écrie-t-elle gaiement.

— Mais oui ! Le soleil à la portée de tous, la Provence chez soi ! Je m'en suis collé pour deux cents francs de gaze bouton d'or. Et tout cela pour qui ? Pour vous seule.

Son bras désigne emphatiquement les rideaux jaunes tendus aux vitres. Les cils dorés de Minne battent. Elle se souvient des bains de soleil où son grêle corps de fillette se chauffait, nu, dans la Chambre de la Maison Sèche... Vieille maison au squelette sonore, verger d'herbe bleuissante où elle courut avec Antoine, où s'assit leur fraternelle idylle... Mais où donc est la branche rose du bignonier, qui toquait aux vitres du bout de ses fleurs tubulaires ?

Un peu hallucinée, elle se tourne vers Maugis, comme pour interroger, et se tait en apercevant l'éphèbe rasé qui lui ouvrait la porte. Maugis comprend :

— Hicksem, vous n'auriez pas de courses à faire dans le quartier ?

— Si, certainement... répond l'autre, sans que ses yeux mobiles de rongeur trahissent autre chose qu'une courtoise indifférence.

— Bon. Justement, je n'ai plus d'allumettes. Il y a un petit magasin épatant, sur la rive gauche, qui en vend à deux sous la boîte : vous voyez ce que je veux dire ? Vous m'en rapporterez une boîte comme échantillon. Dieu vous garde, messire ! à demain matin... !

Le jeune homme salue, ondule, disparaît.

— Qui est-ce ? demande Minne, curieuse.

— Hicksem.

— Quoi ?

— Hicksem, mon secrétaire particulier. Il est gentil, pas ?

— Si vous voulez.

— Je le veux absolument. C'est un garçon précieux. Il est très bien habillé, et ça impressionne toujours les créanciers. Et puis, il a de mauvaises mœurs, Dieu merci, cet uranien frusqué à Londres.

Minne hausse des sourcils effarés... Comment ! ce gros Maugis, il... Mais il la rassure, familier et moqueur :

— Non, mon enfant, vous m'avez mal compris. Avec Hicksem, je suis tranquille : je peux recevoir une amie, deux amies, trois amies, simultanément ou l'une après l'autre, sans que me tenaille ce souci : « La prochaine fois, viendra-t-elle pour moi, ou pour les vingt-cinq printemps de mon secrétaire ? » Asseyez-vous ici, rapport à ce vase céruléen qu'enchante votre chevelure...

Il l'installe au creux d'une bergère, approche une table où tremblent des muguets... Minne s'assied, interloquée de trouver Maugis si amical. Elle s'étonne, et le laisse paraître ; Maugis sourit bonnement :

— N'était mon indécrottable vanité, petite madame charmante, je croirais, à vous voir, que vous vous êtes trompée de porte.

Elle passe sa main sur ses yeux avec une grâce mal éveillée :

— Attendez ! c'est drôle pour moi, ici...

Maugis se rengorge et double son menton :

— Oh ! vous pouvez y aller ! Je sais que « c'est joli, chez moi » et j'aime à l'entendre dire.

— Oui, c'est joli... mais ça ne vous va pas.

— Tout me va !

— Non, je veux dire... je n'imaginais pas ainsi l'endroit où vous vivez.

Elle garde ses mains jointes et remue les épaules en parlant, comme une bête délicate aux pattes liées. Maugis l'admire si fort qu'il n'a pas pensé à la toucher... Un silence passe entre eux et les sépare. Minne éprouve une gêne vague, un malaise qu'elle traduit par ces mots :

— On est bien, chez vous.

— N'est-ce pas ? Toutes ces dames m'en font des compliments. Venez voir !

Il se lève, prend le bras de Minne sous le sien et s'émeut de le sentir si mince, tiède contre lui...

— Pour les enfants sages, j'ai cette poupée qu'Ajalbert m'a apportée de Batavia : zyeutez !

Il désigne, sur une tablette, la plus sauvage divinité qu'ait créée un sculpteur de marionnettes javanaises, vêtue d'oripeaux rouges, dont la tête peinte sourit d'une bouche étroite et fardée, tandis que les yeux longs gardent une gravité voluptueuse, une ironique sérénité qui frappe Minne...

— Elle ressemble à quelqu'un... à quelqu'un que j'ai connu autrefois...

— Un gigolo ?

— Non... Il s'appelait Le Frisé.

— C'est un de mes pseudonymes, affirme Maugis en caressant la nudité de son crâne rose.

Minne renverse la tête pour rire aux éclats, et s'arrête court parce que Maugis fixe goulûment l'ombre délicieuse que découvre son menton levé... Elle dégage son bras, coquette :

— Allons voir autre chose, monsieur Maugis !

— Ne m'appelez pas « monsieur », dites !

— Et comment faut-il dire ?

Le gros romancier baisse des paupières pudiques :

— Je m'appelle Henry.

— Mais c'est vrai ! tout le monde le sait, puisque vous signez Henry Maugis ! C'est drôle on ne pense jamais que vous vous appelez Henry, sans Maugis...

— Je ne suis plus assez jeune pour avoir un prénom.

La voix de Maugis s'est voilée d'une mélancolie réelle. Quelque chose de nouveau fleurit dans le cœur de Minne, quelque chose qui n'a pas encore de nom dans ses pensées, et qui s'appelle la pitié... « Ce pauvre homme, qui n'aura plus jamais, jamais, sa jeunesse !... » Elle s'accote à l'épaule de Maugis, lui sourit, généreuse, lui offre son fin visage sans plis, ses yeux noirs que dore la fenêtre jaune, la ligne claire et coupante de ses dents... C'est la première aumône désintéressée de Minne, aumône charmante et qu'accepte à demi le mendiant trop fier, car Maugis baise la joue duvetée, la grille abaissée des cils, mais ne mord point la petite bouche docile...

Minne commence à se déconcerter. Cette aventure met en défaut toutes ses expériences, car il n'y a point d'exemple que Minne ait franchi le seuil d'une garçonnière sans se sentir, après le cri de gratitude — « Enfin, vous êtes venue ! » — enveloppée, embrassée, dévêtue, possédée et déçue, le tout avant que sonnât la demie de cinq heures. Ce quadragénaire l'offenserait par sa retenue, s'il ne la désarmait par une sentimentalité foncière, qu'on devine aux gestes précautionneux, au regard vite embué...

Et puis Minne tergiverse sur l'attitude à prendre. Les hommes qui la convièrent (Antoine compris) à s'étendre sur un lit de repos, elle pouvait les traiter en cousins dociles, en camarades vicieux, à qui l'on ordonne, impérieuse et décoiffée : « Si tu ne me reboutonnes pas mes bottines, je ne reviens plus ! » ou bien : « Ça m'est égal qu'il pleuve, trotte me chercher un fiacre ! » Avec Maugis, elle n'ose pas... la différence de leurs âges l'humilie et la réconforte. Causer, assise et vêtue, avec un homme chez lui ! Ne pas répandre tout de suite, devant lui, le flot lisse et argenté de cheveux qu'enserre un velours noir !...

Maugis parle, montre des reliures rares, une Nativité sur ivoire, « du quinzième allemand, ma petite enfant ! » qui voisine avec un faune obscène, verdi et rouillé de la terre où il dormit mille années... Elle rit et se détourne, une main en éventail sur les yeux...

— Hein ? depuis mille ans ! Depuis mille ans, ce petit chèvre-pieds pense à la même chose, sans faiblir ! Ah ! on n'en fait plus comme ça...

— Dieu merci, soupire Minne, avec tant de conviction naturelle que Maugis l'examine en coin, méfiant : « Est-ce que cette poison d'Irène Chaulieu aurait dit vrai, par hasard ? Est-ce que Minne ne s'intéresserait pas aux hommes ? »

Il replace le faune devant la Nativité, tire son gilet clair qui bride sur le ventre :

— Il y a longtemps que vous n'avez vu madame Chaulieu ?

— Au moins quinze jours. Pourquoi me demandez-vous ça ?

— Pour rien : je vous croyais intimes...

— Je n'ai pas d'amies intimes.

— Tant mieux.

— Qu'est-ce que ça vous fait ? Et puis, vraiment, je n'irais pas choisir pour amie intime madame Chaulieu... Avez-vous déjà regardé ses mains ?

— Jamais entre les repas : ça chambarde mes digestions.

— Des mains qui ont l'air d'avoir tripoté je ne sais quoi !

— C'est qu'elles ont tripoté en effet.

— Justement. Elles me font peur. Elles doivent donner des maladies...

Maugis baise les mains étroites de Minne, jolies pattes sèches de biche blanche.

— Que j'aime à vous voir, mon enfant, ce souci de l'hygiène ! Croyez bien qu'ici vous trouverez les derniers raffinements de l'antisepsie moderne, et que le xérol, le thymol, le lysol fumeront à vos pieds, comme un encens choisi... Si vous quittiez ce chapeau ? Lewis est un grand homme, certes, mais vous avez l'air d'une dame en visite. Le renard aussi... Vous voyez, je mets tout ça avec les gants sur la petite table — rayon des modes.

Minne s'amuse, rit, détendue : « Ce n'est pas le petit Couderc qui m'aurait amusée ainsi, qui aurait su me faire oublier pourquoi je viens ici... Il faut pourtant finir par là !... »

Et — puisqu'elle vient pour ça, n'est-ce pas ? — elle continue, méthodique, déboucle la ceinture de peau souple, laisse glisser à ses pieds la jupe, puis le jupon de liberty blanc... Et voici qu'avant que Maugis, abasourdi, ait eu le temps d'en exprimer le désir, Minne se dresse, désinvolte, en pantalon. Pantalon étroit qui méprise la mode, étreint la cuisse élégante, dégage le genou parfait...

— Bon Dieu ? soupire Maugis cramoisi, c'est pour moi, tout ça ?

Elle répond d'une moue gamine, et attend, assise sur le divan, sans que la brièveté de son costume lui suggère de l'embarras, ni des gestes immodestes. La lumière jaune moire la ligne tombante de ses épaules, verdit le satin rose du corset. Un fil de perles, pas plus grosses que des grains de riz, joue sur les deux petites salières attendrissantes...

Maugis, assis près d'elle, tousse, et se congestionne. Le parfum de verveine citronnelle de Minne se propage en ondes jusqu'à lui, mouille sa langue d'une acidité fruitée... Tant de grâces offertes, et qu'il n'osait encore implorer, ne lui suffisent pas cependant. Embarrassé devant cette froide enfant paisible, il lui trouve un air absent, un sourire, presque déférent, de fillette prostituée que styla une mère infâme...

Minne a défait ses quatre jarretelles roses. Le corset, le pantalon s'en vont rejoindre le rayon des modes... D'un frileux resserrement d'épaules, Minne a fait tomber les épaulettes de sa chemise et se cambre, nue jusqu'aux reins, fière de ses petits seins écartés, qu'en son désir de paraître « plus femme » elle tend, raidie, vers Maugis.

Il touche avec précaution les fleurs de cette gorge chaste, et Minne, candide, ne frissonne pas. Il serre d'un bras la taille qui ploie, obéissante, sans rébellion nerveuse comme sans sursaut flatteur...

— Petit glaçon, murmure-t-il.

Il s'assied, et Minne, renversée sur ses genoux, lui passe ses deux bras au cou, comme un bébé ensommeillé qu'on va porter au lit. Maugis baise les cheveux d'or, attendri soudain à la câlinerie passive de cette enfant nue qui couche sur son épaule une tête plus résignée que tendre... Ce corps effilé qu'il berce, quel caprice, quel hasard l'a jeté en travers de ses genoux ?...

— Mon pauvre agneau, murmure-t-il dans un baiser. Vous ne m'aimez guère, dites ?

Elle découvre sa figure toujours pâle, lève sur lui deux yeux graves :

— Mais... si... Plus que je ne croyais.

— Jusqu'au délire ?

Elle rit, malicieuse, se tord en couleuvre et froisse sa peau délicate à la cheviotte du veston, aux durs boutons de corozo...

— Personne ne m'a poussée à délirer depuis que je suis ici.

— C'est un reproche ?

Il l'enlève comme une poupée et elle se sent emportée vers de plus secrètes alcôves... Elle se cramponne à lui, subitement épouvantée :

— Non, non ! Je vous en prie ! je vous en prie ! Pas tout de suite !

— Quoi donc ? bobo ? malade ?...

Minne respire tumultueusement, les yeux fermés. Ses seins fragiles halètent. Elle semble lutter pour arracher d'elle-même quelque chose de très lourd... Puis elle suffoque, et un flot de larmes abat le frisson dont Maugis la sentait trembler toute. De grosses larmes, fraîches et claires, qui se suspendent, rondes, aux cils blonds abaissés, avant de rouler, sans la mouiller, sur la joue duvetée...

Maugis sent lui manquer, pour la première fois, sa vieille expérience des très jeunes femmes...

— Ça, tout de même, ce n'est pas banal ! Ma petite enfant, voyons ... Eh ! Zut ! je ne sais plus, moi ! De quoi est-ce que nous avons l'air, je vous le demande !... Voyons, voyons...

Il la reporte au divan, l'y couche, rajuste la chemise qui drape en pagne les hanches de Minne, lisse les doux cheveux mêlés. Sa main d'abbé grassouillet essuie, légère, les larmes pressées, glisse un coussin sous les reins nus de son étrange conquête...

Minne s'apaise, sourit, sanglote encore un peu. Elle regarde, comme si elle s'éveillait, cette chambre ensoleillée. Contre la tenture d'un vert favorable, un buste de marbre tord ses épaules voluptueuses et musclées. Jetée au dos d'un siège, une robe japonaise est plus belle qu'un bouquet...

Les yeux de Minne vont de découverte en découverte jusqu'à cet homme assis près d'elle. Ce gros Maugis à moustache de demi-solde, c'est donc mieux qu'une éponge à whisky, mieux qu'un trousseur de jupes courtes ? Le voilà tout ému, sa cravate de travers ! Il n'est pas beau, il n'est pas jeune, et pourtant c'est à lui que Minne doit la première joie de sa vie sans amour : joie de se sentir chérie, protégée, respectée...

Timide, filiale, elle pose sa petite main sur la main qui l'a soignée, la main qui a, tout à l'heure, remonté sa chemise glissante...

Maugis renifle et enfle sa voix :

— Ça va mieux ? on n'est plus nerveuse ?

Elle fait signe que non.

— Un peu de porto blanc ? Oh ! du porto pour gosses : un vrai sucre !

Elle boit à petites gorgées espacées, tandis qu'il l'admire, stoïque. Le linon transparent voile à demi les fleurs roses des seins et laisse voir, au-dessus du bas mordoré, un peu de la cuisse fuselée !... Ah ! qu'il la prendrait bien de tout son cœur, de tous ses sens, cette enfant si grave sous ses cheveux d'argent !... Mais il la sent frêle et perdue, misérable comme une bête errante, craintive de l'étreinte, malade d'un secret qu'elle ne veut pas dire...

Elle tend son verre vide :

— Merci. Il est tard ? Vous ne m'en voulez pas ?

— Non, mon chéri. Je suis un vieux monsieur sans rancune, et sans vanité.

— Mais... je voudrais vous dire...

Elle remet lentement son corset, les mains distraites :

— Je voudrais vous dire... que... ça m'aurait déplu tout autant, et même plus, avec un autre.

— Oui ? bien vrai ?

— Oh ! oui, bien vrai !...

— On est fragile ? malade ? on a peur ?

— Non, mais...

— Allons ! dites tout à votre vieille nourrice de Maugis ! On n'aime pas ça, hein ? Je parie qu'Antoine n'est pas fichu de...

— Oh ! ce n'est pas seulement la faute d'Antoine, répond Minne, évasive.

— Et... l'autre ? le petit Couderc ?

À ce nom, Minne vient d'avoir un si farouche geste de tête que Maugis croit comprendre :

— Il vous barbe tant que ça, ce potache ?

— Le mot est faible, dit-elle froidement.

Elle achève de renouer ses quatre jarretelles, puis se plante, résolue, devant son ami :

— J'ai couché avec lui.

— Ah ! ça me fait bien plaisir ! Répond Maugis, morne.

— Oui, j'ai couché avec lui. J'ai couché avec lui et trois autres, en comptant Antoine. Et pas un, pas un, vous entendez bien, ne m'a donné un peu de ce plaisir qui les jetait à moitié morts à côté de moi ; pas un ne m'a assez aimée pour lire dans mes yeux ma déception, la faim et la soif de ce dont, moi, je les rassasiais !

Elle crie, tend ses poings fermés, se frappe la poitrine. Elle est théâtrale et touchante. Maugis la contemple et l'écoute avidement :

— Alors, jamais... jamais ?...

— Jamais ! Redit-elle, plaintive. Est-ce que je suis maudite ? est-ce que j'ai un mal qu'on ne voit pas ? est-ce que je n'ai rencontré que des brutes ?

Elle est presque vêtue, mais ses cheveux désordonnés pendent encore, rejetés en crinière sur une épaule. Elle tend vers Maugis des mains mendiantes :

— Est-ce que vous ne voudriez pas, vous, essayer... ?

Elle n'ose rien ajouter. Son gros ami s'est levé d'un bond de jeune homme et la saisit par les épaules :

— Mon pauvre amour ! C'est moi qui vous crierai, à présent : « Jamais ! » Je suis un vieil homme très épris de vous, mais un vieil homme ! Je suis là, près de vous, le gros Maugis, avec son bedon jovial dans son sempiternel gilet clair, le Maugis en uniforme... Mais vous montrer, maintenant que je sais votre ignorance, la bête qu'il y a sous le gilet clair et la chemise à plis, illustrer votre souvenir d'une déception pire que les autres, d'une obscénité sans grâce et sans jeunesse... non, ma chérie, jamais ! Faites-moi la seule charité de croire que j'y ai quelque mérite, et puis... et puis, filez !... Antoine pourrait s'inquiéter...

Elle essaie un sourire, une malice dernière :

— Il aurait bien tort.

— C'est vrai, mon Minou ; mais tout le monde ne peut pas savoir que je suis un saint.

— Pourtant, si vous vouliez... À présent, je n'ai plus peur...

Maugis rassemble dans sa main toute la chevelure de Minne ; lentement, il l'effiloche à contre-jour, pour le plaisir de la voir ruisseler...

— Je sais bien. Mais c'est moi qui n'aurais plus un fil de sec !

Elle n'insiste pas, relève ses cheveux rapidement, et paraît regarder le fond sombre de ses pensées. Maugis lui tend un à un les petits peignes couleur d'ambre, le ruban de velours noir, le chapeau, les gants...

La voici telle qu'elle est arrivée ; et toute la sensualité du gros homme crie de regret, se raille férocement... Mais Minne, prête à sortir, appuyée d'une main sur son ombrelle, tourne vers lui un charmant et nouveau visage, des yeux alanguis de larmes, une caressante et triste bouche. Elle embrasse d'un regard les murs d'un vert assourdi, les fenêtres où meurt le jour couleur de mandarine, la robe japonaise qui flambe dans l'ombre, et dit :

— Je regrette de m'en aller d'ici. Vous ne pouvez pas savoir ce qu'il y a de nouveauté pour moi dans un tel sentiment...

Maugis incline la tête, très grave :

— Je le sais. Je n'ai pas fait grand-chose de propre dans toute ma vie... Laissez-moi, pour ma boutonnière, cette fleur-là : votre regret.

La main sur la porte, elle implore tout bas.

— Qu'est-ce que je vais faire à présent ?

— Retrouver Antoine.

— Et puis ?

— Et puis... je ne sais pas, moi... Le footing, les sports, le plein air, les œuvres charitables...

— La couture.

— Oh ! non, ça abîme les doigts. Il y a bien aussi la littérature...

— Et les voyages. Merci. Adieu...

Elle lui tend sa joue, hésite un moment, les lèvres entrouvertes.

— Quoi donc, ma petite enfant ?

Elle plisse l'arc pur de ses beaux sourcils blonds. Elle voudrait dire : « Vous êtes une surprise dans ma vie, une chère surprise un peu cuisante, un peu comique, très mélancolique... Vous ne m'avez pas donné le trésor qui m'est dû et que j'irais chercher jusque dans la boue ; mais vous avez détourné de lui ma pensée, étonnée d'apprendre qu'un amour, différent de l'Amour, peut fleurir dans l'ombre même de l'Amour. Car vous me désirez et vous renoncez à moi. Quelque chose en moi a donc plus de prix pour vous que ma beauté ?... »

Elle hausse les épaules d'un geste las, espérant que Maugis comprendra tout ce qui tient d'incertitude, de faiblesse, de gratitude aussi, dans le serrement de sa petite main gantée... La lourde moustache effleure de nouveau sa joue chaude... Minne est partie.

Elle court presque. Non qu'elle daigne se soucier de l'heure, ou d'Antoine. Elle court parce que son état d'esprit s'accommode de la hâte et du mouvement. Elle descend l'avenue de Wagram, surprise de voir l'air si bleu au sortir de la chambre jaune. Les vernis du japon jonchent le trottoir de leurs chenilles flétries, et la nuit printanière glace cette fin de journée tiède.

Tout à coup, elle sent quelqu'un derrière elle, quelqu'un qui suit, qui se rapproche. Elle se retourne et reconnaît, sans étonnement, cet enfant négligeable qui, au Palais de Glace, n'osa pas...

— Ah ! dit-elle seulement.

Jacques Couderc comprend parfaitement l'intonation, l'intention de ce *ah* ! qui signifie : « C'est vous ? encore ? de quel droit ?... » Elle est devant lui, simple, décidée, les cheveux moins lisses que d'habitude ; une de ses mains nues rassemble les plis de sa longue jupe...

Il est désespéré d'avance. Pas un mot de pitié ne sortira de cette bouche close, et ces yeux noirs, où le couchant mire un feu rose, lui disent clairement de mourir, de mourir là, tout de suite... Il baisse la tête, gratte l'asphalte du bout de sa canne. Il sent sur lui les yeux impitoyables qui jaugent son amaigrissement aux plis flottants du pardessus, au flageolement du pantalon trop large...

— Minne !...

— Quoi !

— Je vous ai suivie.

— Bon.

— Je sais d'où vous venez.

— Et puis ?

— Je souffre affreusement, Minne, et je ne comprends pas.

— Je ne vous demande pas de comprendre.

Le son de la voix de Minne, dure, cause à Jacques une douleur physique. Il relève, suppliant, sa figure de gavroche tuberculeux.

— Minne... vous ne me trouvez pas changé ?

– Peu !... un peu pâlot. Vous devriez rentrer : l'air du soir est trop vif pour vous.

Il avale sa salive avec un mouvement de cou pénible, et son sang monte d'un jet à ses joues, leur restitue une jeune transparence :

— Minne... vous exagérez !

— S'il vous plaît ?

— Vous exagérez le... l'insouciance que vous avez de moi ! Il me faut une explication.

— Non.

— Si ! tout de suite ! Vous ne voulez plus de moi ? Vous ne voulez plus m'appartenir ? Vous... ne m'aimez plus ?

Elle a lâché les plis de sa robe, reste droite devant lui, les poings fermés au bout de ses bras pendants. Il revoit le terrible et tentateur regard, de bas en haut, qui le défie.

— Répondez ! crie-t-il tout bas.

— Je ne vous aime pas. J'ai horreur de vous, de votre souvenir, de votre corps... J'ai horreur de vous !

— Pourquoi ?

Elle écarte les bras, les laisse retomber dans un geste d'ignorance :

— Je ne sais pas. Je vous assure, je ne sais pas pourquoi. Il y a quelque chose en vous qui me met en colère. La forme de votre figure, le son de votre voix, c'est comme... c'est pire que des insultes. Je voudrais savoir pourquoi, parce qu'en somme, c'est étrange, quand on y pense...

Elle parle avec modération, cherchant des mots qui atténuent son aversion sauvage et sans mesure, pour l'humaniser, la rendre compréhensible...

— Vous couchez bien avec ce vieux ! crie-t-il, écorché.

— Quel vieux ?

— Le vieux de chez qui vous venez, cette espèce d'ivrogne chauve, ce... ce...

Un rire bizarre danse sur le visage de Minne.

— Ne cherchez pas d'autres épithètes ! interrompt-elle. C'est encore une histoire à laquelle vous ne comprendriez rien...

Elle respire profondément, ses yeux quittent le visage de l'ennemi, se perdent dans le ciel d'un mauve hivernal...

— J'ai déjà bien assez de peine, achève-t-elle, à y comprendre quelque chose, moi !

Jacques se méprend : il croit entendre l'aveu d'une passion à peine avouable, et serre les dents :

— Je vous tuerai, murmure-t-il.

Elle songe à autre chose, les yeux en l'air.

— Vous m'entendez, Minne ?

— Pardon... Vous disiez ?

Il se devine ridicule. On ne répète pas une telle menace, on l'exécute...

— Je vous tuerai, répète-t-il plus mollement. Et je me tuerai après.

Le visage de Minne s'illumine d'une férocité allègre :

— Tout de suite ! Tout de suite ! Tuez-vous ! avant moi ! Disparaissez de moi, allez-vous-en, mourez ! Comment n'y avez-vous pas pensé plus tôt ?

Il la regarde, béant. Elle le précipite vers la mort, comme vers le but inévitable...

— La mort... Vous me la souhaitez vraiment vraiment ? demande-t-il, singulièrement radouci.

— Oui ! s'écrie Minne de tout son cœur. Vous m'aimez, je ne vous aime pas : est-ce que tout n'est pas dit pour vous ? Est-ce que la mort n'est pas le secours de toute vie que se refuse à couronner l'amour ?

L'enfant qu'elle voue au trépas semble tout près de la comprendre, et s'abandonne :

— Ah ! Minne, c'est cela, c'est cela ! Après vous, toutes les autres femmes...

— Il n'y a pas d'autres femmes, si vous m'aimez !

Il répète, en écho :

— Non, Minne, il n'y a pas d'autres femmes...

— On ne doit pas pouvoir changer d'amour, n'est-ce pas ? quand on aime... On meurt, on vit du même amour ? C'est bien cela ? Dites-le ! Dîtes-le !

— Oui, Minne.

— Attendez, dites-moi encore... Vous m'avez aimée, comme ça, brusquement, sans savoir ce qui vous arriverait, sans le prévoir ? Oui ?... Et l'amour vient ainsi, traîtreusement, à son heure ? Il vous saisit, quand on se croît libre, quand on se sent affreusement seul et libre ?

— Oh ! oui, gémit-il...

— Attendez !... L'amour, on me l'a dit, peut venir à tout âge ? Il peut venir — dites-le-moi, vous qui aimez ! — des infirmes, à des maudits, à... à moi-même ?

Grave, il incline la tête.

— Qu'un dieu vous entende ! exhale-t-elle avec ferveur. Et si vous m'aimez, laissez-moi en repos, pour toujours !

Elle court derechef vers l'avenue de Villiers, légère, délivrée. Elle accomplit machinalement les gestes quotidiens, franchit le vestibule, renvoie l'ascenseur, sonne, et se trouve en face de son mari... Antoine l'attendait.

— D'où viens-tu ?

Elle cligne à la lumière vive, regarde son mari, saisie :

— Je... j'ai fait des courses.

Elle respire vite, ses mains nues tourmentent maladroitement le nœud de sa voilette. Ses yeux cernés errent, dépaysés, presque craintifs, et le chapeau enlevé laisse voir un somptueux désordre de cheveux renoués...

— Minne ! crie Antoine d'une voix tonnante.

Toute pâle, elle protège son visage de ses bras levés, et son geste laisse voir l'écharpe mal attachée.... Son innocence se pare d'un charme si coupable qu'Antoine ne doute plus :

— D'où viens-tu, bon Dieu ?

Qu'il est grand, tout noir devant la lampe ! Ses épaules se voûtent, lourdes, pareilles à celles de l'Homme-des-Bois...

— Tu ne veux pas me dire d'où tu viens ?

Minne se revoit, chaste et nue, sur les genoux de Maugis. Son souvenir retourne à la chambre jaune et verte, au viveur sentimental qui ne voulut pas d'elle et la renvoya triste, heureuse, attendrie... Une main, qui n'a pas caressé ses seins ni ses jambes, a essuyé ses larmes... Cela est doux, poignant, d'une amertume fraîche d'eau marine...

— Tu ris, sale bête ? Je te ferai rire, moi !

— Je te défends de me parler sur ce ton-là !

La voix grondante a blessé Minne, qui se retrouve elle-même, dure, menteuse et brave.

— Tu me défends ! tu me défends !...

— Parfaitement, je te défends. Je ne suis pas une femme de chambre qui découche !

— Tu es pire que ça ! J'en ai assez de...

— Si tu en as assez, va-t'en !

Décoiffée, la bouche lasse, la taille un peu veule accotée à la cheminée, Minne rassemble en ses yeux admirables tout le défi d'une créature tenace, d'une noble petite bête irritable, dont l'apparente faiblesse n'est qu'un mensonge de plus... Antoine pétrit le dossier d'une chaise et souffle comme un cheval :

— Dis-moi d'où tu viens !

— J'ai fait des courses.

— Tu mens !

Elle lève les épaules, méprisante :

— Pour quoi faire ?

— D'où viens-tu, sacré nom de...

— Tu m'ennuies. Je vais me coucher.

— Méfie-toi, Minne !

Elle le nargue, le menton levé :

— Me méfier ? mais je ne fais que ça, cher ami !

Antoine baisse le front, montre du doigt la porte :

— Va-t'en dans ta chambre ! Je sais que tu ne céderas pas, et je ne veux pas te casser avant de savoir...

Elle obéit lentement, traînant derrière elle sa jupe longue. Et, comme il tend l'oreille, espérant on ne sait quoi, il entend, avec un déclic sec de revolver qu'on arme, claquer le verrou.

Antoine, qui a demandé au « patron » sa liberté pour l'après-midi, remonte à grands pas le boulevard des Batignolles. Il cherche la rue des Dames... *Rue des Dames, cabinet Camille,* Rue des Dames ! il y a là une intention du hasard qui séduit amèrement Antoine. Son imagination invente, rue des Dames, une sorte de vaste administration, une police de l'adultère féminin, mille limiers lancés à travers Paris à la suite d'autant de petites dames farceuses...

117, rue des Dames... La maison ne paie pas de mine. Antoine cherche à tâtons la loge du concierge, perchée à l'entresol... Un relent de chou qui mijote le guide jusqu'à une imposte entrouverte :

— Le cabinet Camille, je vous prie ?

— Troisième à gauche.

L'escalier visse, dans les ténèbres moisies, de toutes petites marches basses. Antoine bute et n'ose toucher à la rampe visqueuse... Au troisième étage, un peu de jour venu d'une courette permet de lire, gravés sur une plaque ternie, les mots : « *Cabinet Camille renseignements.* » Point de sonnette, mais une pancarte manuscrite prie le visiteur d'entrer sans frapper.

« Faut-il entrer ? quelle ignoble boîte ! Si je revenais ?... Oui, mais le patron ne m'a donné qu'un après-midi... »

Il se décide, tourne le bouton et retombe dans le noir. Ça sent l'oignon et la pipe froide... Il va tourner les talons, quand une voix violente, derrière une porte, le retient :

— Bougre d'empoté ! vous l'avez ratée encore, hein ? vous l'avez ratée en artiste ! Ah ! vous la tenez, la filature ! Dans un grand magasin, qu'il s'en va la perdre ! Mais j'aurais honte, moi, j'aurais honte de dire que j'ai perdu une cliente dans un grand magasin ! Un enfant de sept ans vous filerait un rat d'égout, dans un grand magasin !

Un silence... Le murmure confus d'une voix qui s'excuse...

— Oui, oui, allez lui dire ça, au cocu ! Moi, mon vieux, j'ai soupé de vous fringuer, et s'il ne vous faut que ma botte au derrière...

Antoine rougit et sue dans l'ombre, avec l'impression absurde que le « cocu » dont on parle là-dedans, c'est lui... Enragé, il frappe à la porte invisible, n'attend pas de réponse et entre...

La pièce est nue, humide, propre à première vue, quoiqu'une buée bleue ternisse la glace aux dorures rougies.

Un individu referme vivement un tiroir ouvert, où voisinent un pain-flûte, le rouleau d'argent d'un saucisson de Lyon, et un casse-tête américain.

— Vous désirez, monsieur ?

Antoine s'avance et heurte un long pied, celui d'un être piteux assis contre la cheminée sur une pile de cartons verts, un être long, osseux, à figure asymétrique de séminariste défroqué comme meurtrie de l'engueulade...

— Je désire parler à M. Camille.

C'est moi, monsieur.

M. Camille s'incline devant Antoine avec une aisance autoritaire, que justifie le chic bien français de sa mise : gilet de velours prune aux boutons ciselés, redingote à châle, col carcan, plastron violet épinglé d'un fer à cheval...

— Asseyez-vous, monsieur. Puis-je vous être bon à quelque chose ?

— Voici, monsieur, ce qui m'amène. Je voudrais me renseigner sur une personne... Je n'ai pas de soupçons, mais, n'est-ce pas ? on aime à être renseigné...

M. Camille lève une main de prédicateur deux fois baguée :

— C'est le devoir de tout homme de sens !

Puis il hoche un menton indulgent et averti, et pince sa moustache d'écuyer de manège, tandis que ses yeux de ruffian détaillent Antoine, découvrant en lui la poire, la poire bénie...

— Pour tout dire, il s'agit de ma femme. Je suis forcé de la laisser seule toute la journée, elle est très jeune, influençable... Bref, monsieur, je vous prierai de me faire connaître, heure par heure, l'emploi des journées de ma femme.

— Rien de plus facile, monsieur.

— Il faudrait quelqu'un de très adroit : elle est méfiante, intelligente...

M. Camille sourit, les pouces dans les poches de son gilet :

— Cela tombe à merveille, monsieur, j'ai quelqu'un de sûr, un de ces génies ignorés et modestes...

— Ah ! ah ! fait Antoine intéressé.

Du menton, M. Camille désigne l'être assis au coin de la cheminée, qui arrondit d'avance ses épaules pour le prochain abattage.

— Comment ? c'est...

— Mon meilleur limier, monsieur. Et maintenant, si vous voulez bien, nous allons aborder la question des honoraires...

Antoine, effondré, n'écoute plus : il paiera tout ce qu'on voudra... mais sans espoir.

« La chance est contre moi », se lamente-t-il. « Cette espèce de martyr idiot ne sera jamais capable de suivre Minne... C'est trop de guigne, d'être allé tomber dans ce taudis, quand il y a trois cents agences qui valent sans doute mieux... Tout est contre moi ! » Il redescend l'escalier noir, qui sent le chou et les latrines, et croit encore entendre une voix furieuse qui crie :

— Dans un grand magasin, qu'il s'en va me la perdre ! Allez lui dire ça, au cocu, voir s'il y coupe !

« J'aurais préféré, soliloque Minne, être malheureuse. Les gens ne savent pas assez que l'absence de malheur rend triste. Un bon malheur, bien cuisant, alimenté, renouvelé chaque heure, un enfer, quoi ! mais un enfer varié, remuant, animé, voilà qui tient en haleine, voilà qui colore la vie ! »

Elle secoue sa fluide chevelure sur sa robe blanche et redit, Mélisande qui s'ignore : « Je ne suis pas heureuse ici... »

Antoine a quitté la maison tout à l'heure sans demander si sa femme était éveillée ; mais l'a fait avertir qu'elle déjeunerait seule...

« Voilà un garçon, se dit-elle, ou on ne comprend rien ! Tant que je l'ai trompé, il a été content. Et puis, je renvoie Jacques Couderc, je l'expédie au diable — et puis Maugis me traite en petite sœur — et, là-dessus, Antoine devient terrible !... »

La vérité, c'est qu'Antoine, bouleversé à l'idée qu'un espion suivra Minne tout le jour, s'est enfui. Sa Minne, sa méchante Minne tenue, pendant des heures, au bout d'un fil qu'elle ne verra pas, sa Minne qui courra, coupable et gaie, vers l'adultère, qui criera « cocher ! » de sa voix pointue et impatiente, sans se douter qu'un œil, derrière elle, note l'heure, l'endroit, le numéro du fiacre !

Il s'est enfui, après une nuit abominable, car son amour révolté est près de prendre le parti de Minne, de lui crier : « Ne va pas là-bas ! un mauvais homme veut te suivre ! » Il s'est enfui, plein de larmes, certain qu'il achève de tuer son bonheur... « On me l'a donnée pour la rendre heureuse, plaide-t-il pour Minne ; mais elle n'a pas juré d'être heureuse par moi... » Il a souhaité, cette nuit, la vieillesse, l'impuissance, mais non la mort. Il a mûri cent projets, mais non celui d'une séparation. Il a prévu des fins amères et humiliantes, car c'est le plus grand amour, celui qui consent au partage... Et, chaque fois que, sur son lit détesté, il a tordu son corps en disant : « Ça ne peut pas durer ! » il admettait en sa pensée le renoncement à toutes choses, sauf à la possession de Minne...

~

À l'heure même où Antoine tue le temps, échoué dans une brasserie morne, Minne sort de chez elle. Elle sort pour sortir, attirée par le soleil, indécise et sans intentions...

Des nuages blancs, dans le ciel, balaient un fade azur. Minne lève vers ce bleu son nez bridé de tulle et descend l'avenue.

« Si j'allais chez Maugis ? » Elle s'arrête un instant, puis repart. « Eh bien, quoi ? j'irai chez Maugis. » Elle fronce les sourcils... « Qui m'en empêche ? Parfaitement, j'irai chez Maugis. S'il n'est pas là... eh bien, je reviendrai. J'irai chez Maugis... »

Elle fait volte-face pour remonter vers la place Pereire, et donne de l'ombrelle dans un monsieur, un homme plutôt qui marchait derrière elle. Elle murmure « pardon » d'un ton agacé, parce que l'homme sent le tabac froid et la bière aigre.

Elle répète, butée, le front en avant : « J'irai chez Maugis ! » et ne bouge pas...

« Si j'y vais, Maugis va croire que je ne viens que *pour ça*... »

Elle s'arrête et méconnaît la fleur tardive dont l'éclosion la trouble comme une adolescence nouvelle : la pudeur, qui n'est peut-être qu'un scrupule sentimental. Elle a gaspillé son corps ignorant, l'a donné, puis repris. Mais elle n'a jamais songé que le don implique la déchéance, et il n'y a rien de plus vierge que l'âme orgueilleuse de Minne... Son hochement de tête découragé refuse en même temps un fiacre qui rase le trottoir. Elle revient sur ses pas, redescend vers le parc Monceau : « Je n'ai envie de rien, je ne sais quoi faire... C'est un temps par lequel on voudrait avoir quelqu'un à tourmenter... »

Elle presse le pas, suit du regard la voile blanche d'un nuage qui vogue au-dessus d'elle, et ne prend pas garde que son geste découvre, comme exprès, le creux charmant de son menton, le dessous humide de sa lèvre supérieure...

À quelques pas devant elle marche un homme dont elle reconnaît vaguement la couleur, la forme veule, les cheveux longs sur un col douteux... « C'est l'homme que j'ai cogné avec mon ombrelle tout à l'heure. »

Au parc Monceau, elle fait halte, repose ses yeux sur les pelouses, d'un vert ardent et frais de piment, puis repart, intriguée : l'homme est encore derrière elle ! il roule une cigarette, l'air absent. Il a un long nez, posé négligemment un peu de côté dans son visage...

« Il aurait le toupet de me suivre ? C'est qu'il marque tout à fait mal, ce type ! Un satyre, peut-être, ou bien un de ces individus qui se collent contre les robes dans les foules... On verra bien ! »

Elle repart : l'avenue de Messine offre sa facile pente, qui donne envie de courir et de jouer au cerceau. Minne allonge le pas, heureuse du battement de son sang dans ses oreilles roses...

« Qu'est-ce que c'est que cette rue-là ? Miromesnil ? Prenons Miromesnil. Le satyre ? il est à son poste. Quel drôle de satyre ! si vague et si las ! Les satyres, d'habitude, sont barbus et fauves, avec l'œil cynique, et un peu de paille dans les cheveux, ou bien des feuilles sèches... »

Elle se plante près d'une vitrine de sellier, assez longtemps pour compter tous les colliers, hérissés de poils de blaireau, cloutés de turquoise, que la mode impose aux chiens de bonne compagnie. Le satyre, patient entre tous les satyres, attend à distance respectueuse et fume sa quatrième cigarette. C'est à peine s'il glisse vers elle un œil jaunâtre. Même, il crache après un renâclement immonde : il crache au vu et au su de tous, et Minne, le cœur à l'envers, eût préféré à ce crachat copieux n'importe quel outrage à la pudeur... Elle tourne des épaules révoltées et repart. Faubourg Saint-Honoré, un embarras de voitures les sépare. D'un trottoir à l'autre, elle lui tirerait bien la langue ; mais peut-être n'en faudrait-il pas plus pour déchaîner la rage érotique du monstre ?...

Lui, l'épaule de biais, se repose sur une jambe et profite de la halte pour griffonner quelque chose sur un carnet, après avoir consulté sa montre ; ce geste suffit à dissiper l'erreur de Minne : le satyre, le ver de terre, le repoussant admirateur, est un vil stipendié !

« Comment ai-je pu m'y tromper ? C'est Antoine qui me fait suivre !... Le maladroit, le maladroit, le potache ! Un potache, il ne sera jamais que cela... Ah ! tu paies quelqu'un pour marcher ? il marchera, je t'en réponds ! »

Elle marche. Elle bouscule des passants. Elle file, se sentant des jarrets de facteur...

« La Madeleine ?... autant là qu'ailleurs. Et puis les boulevards jusqu'à la Bastille. Parfaitement ! C'est moi qui mène la chasse, aujourd'hui. » Elle sourit, d'un froid petit sourire, en revoyant, très loin en arrière et si chétive, une Minne traquée, qui traîne, en boitillant, une pantoufle rouge sans talon...

« L'avenue de l'Opéra ? Le Louvre ? Non, il y a trop de monde à cette heure-ci. » Elle élit la rue du Quatre-Septembre, dont la dévastation plaît à son état d'âme. Ce ne sont que chausse-trapes, barricades, caves béantes, chaussées effondrées... Un abîme s'ouvre, où grouillent des serpents de plomb... Il faut franchir des passerelles, côtoyer des tranchées : le « satyre » aura du fil à retordre, pense Minne.

De fait, il inspirerait la pitié, n'était le caractère inacceptable de sa laideur. Il rougit, son nez brille, et tant de cigarettes ont dû allumer sa soif...

« Pauvre homme ! songe Minne. Après tout, ce n'est pas sa faute... Voilà la Bourse : j'ai envie de lui faire le coup de la rue Feydeau. »

Le « coup de la rue Feydeau » ! joie innocente du premier adultère de Minne... Pour retrouver chez lui son amant, l'interne des hôpitaux, elle entrait voilée dans une maison de la place de la Bourse et s'en allait par la rue Feydeau, contente d'avoir goûté, mieux que l'étreinte du grand diable luxurieux à barbe de chèvre, le charme de la maison à double issue... « Comme c'est loin tout ça ! murmure Minne... Ah ! je vieillis ! »

Pour classique qu'il soit, le coup de la rue Feydeau, aujourd'hui, réussit parfaitement. Place de la Bourse, Minne pénètre dans la cour du numéro 8 et tombe, rue Feydeau, dans un taxi providentiel.

Bercée au tic-tac du taximètre, Minne allonge sur le strapontin ses pieds vernis, qui ont si activement erré. Elle se sent pleine de malice et de mansuétude, et sa colère contre Antoine se repose. Minne s'alanguit dans la victoire.

Il est cinq heures a peine quand elle rentre avenue de Villiers. Minne songe qu'elle va pouvoir s'accorder deux grandes heures de robe de chambre, de pieds nus dans les petits mocassins de daim cru... Mais il est dit que le soleil qui baise les rideaux roses ne veillera point le doux farniente de Minne ; Antoine est rentré !

— Comment ? tu es là ?

— Tu vois.

Il a dû errer longtemps, lui aussi : on le devine au cuir poudreux de ses bottines...

— Pourquoi n'es-tu pas à ton bureau, Antoine ?

— Si on te le demande, tu diras que tu n'en sais rien.

Minne croit rêver. Comment ! elle rentre toute gentille, fatiguée, amusée d'avoir semé le limier, et elle tombe sur cet ours grossier !

— C'est comme ça ? Eh bien, mon cher, si tu as autant de loisirs pourquoi ne les emploies-tu pas à m'espionner toi-même ?

— À t'esp...

— Mais oui. Je ne sais pas à qui tu t'adresses, mais on se fiche de toi, tu sais. Quel personnel ! Ma parole, cet après-midi, j'en avais honte pour toi ! Un homme à qui j'aurais fait l'aumône ! Hein ? ce n'est pas vrai ? dis que je suis folle ! Veux-tu que je te donne mon itinéraire ? Tu pourras le contrôler avec le rapport de tes agents !...

Elle récite, d'une voix de tête insupportable :

— Partis à trois heures de la maison, nous avons traversé le parc Monceau, descendu l'avenue de Messine, stationné rue de Miromesnil devant les colliers de chiens, suivi le faubourg Saint-Honoré jusqu'à...

— Minne !

Elle est lancée, elle ne lui fera pas grâce d'un carrefour. Elle compte sur ses doigts, roule des prunelles mobiles d'aiglon irrité, insiste sur le détail de la maison à double issue, et, sans qu'il sache pourquoi, la jalousie qu'il portait en lui, comme une corde tendue, sensible et douloureuse, se détend, amollie, baignée d'une huile bienfaisante... Il contemple Minne, il n'entend plus sa colère bavarde... Il découvre lentement, devant cette enfant faible et furieuse, qu'il allait commettre l'erreur criminelle de la traiter en ennemie. Elle est seule au monde, et elle est à lui. À lui, même si elle le trompe ; à lui, même si elle le hait ; sans autre recours, sans refuge que lui ! Elle était sa sœur avant d'être sa femme, et, déjà, il eût donné pour elle tout son sang de frère fervent. Il lui doit à présent plus que son sang, puisqu'il a promis de la rendre heureuse. Tâche difficile ! car Minne est fantasque, souvent cruelle... Mais il n'y a pas de honte à souffrir, quand c'est le seul moyen de donner le bonheur...

Qu'elle suive donc, libre, le chemin capricieux de sa vie ! Elle court aux casse-cou, cherche les joies périlleuses : il étendra les mains seulement quand elle chancellera, mais caché, prudent, comme les mères qui suivent les premiers pas de leur petit, les bras grands ouverts et tremblants comme des ailes...

Elle a fini. Elle s'est excitée encore en parlant. Elle a crié on ne sait pas quoi, des mots de pensionnaire pédante, des appels à la liberté, des « c'est bien fait ! » de gosse... Deux petites larmes suspendues à ses cils s'irisent de lumière et elle est à bout de méchanceté. Antoine la prendrait bien dans ses grands bras, la bercerait tout en pleurs... Mais il sent que ce n'est pas le moment encore...

— Mon Dieu, Minne, qui est-ce qui te demande tout ça.

Elle redresse son cou d'infante, passe une langue altérée sur ses lèvres :

— Comment ? qui me demande ? Mais toi ! mais ton attitude de martyr grognon, mais ton silence de mari qui se contient ! Qui contient quoi ? Qu'est-ce que tu sais ? Tes valets de police ne t'ont-ils pas renseigné ? Ils sont si adroits !...

— Tu l'as dit, Minne, ils sont bien maladroits ! Mais c'est presque mon excuse. Je ne les connais pas, je les emploie mal... Et j'aurais dû ne jamais les employer.

Un étonnement défiant change le visage de Minne. Elle cesse d'effilocher le chapeau de paille bleue où s'occupaient ses mains destructrices...

— Tu me pardonnes, Minne ?

Elle a, dans ses yeux sombres, la froide suspicion d'une bête à qui l'on dit : « Va ! » en ouvrant la porte de sa cage...

— Minne, voyons ! Faut-il promettre que je ne le ferai plus ?

La grâce rassurante, un peu voulue, de son sourire barbu inquiète Minne, qui ne comprend pas... Pourquoi l'espionnage ? et pourquoi l'humble excuse, après ? Elle tend, hésitante, une petite main incrédule...

— Tu es joliment agaçant, Antoine, tout de même !

Il tire un peu à lui le bras de Minne qui cède du coude et résiste de l'épaule, et se penche tendrement vers elle :

— Écoute, Minne, si tu voulais...

Le crépuscule est descendu, rapide, et lui cache le visage de Minne...

— Si je voulais quoi ? Tu sais que je n'aime pas promettre !

— Tu n'as pas besoin de rien promettre, chérie.

Il parle dans l'ombre, en aîné, en paternel ami, et c'est une humiliation à goût double, détestable et chère, qui fait tressaillir la mémoire de Minne : une voix déjà, éraillée, indulgente, n'a-t-elle pas, l'autre jour, entrouvert tout au fond d'elle cette secrète cellule à aimer, cellule à souffrir, qu'elle croyait si fort verrouillée ?... Elle se sent soudain faiblir de fatigue et s'appuie aux courbes connues du grand corps debout près d'elle...

— Minne, voilà... Chaulieu voudrait m'envoyer à Monte-Carlo pour une grosse affaire de publicité à traiter avec l'administration des jeux. Ça ne me souriait pas beaucoup d'abord, mais le patron, chez Pleyel, consent à me laisser prendre, avant Pâques, mes vacances de Pâques. Alors... veux-tu venir avec moi à Monte-Carlo, pour dix, douze jours ?

— À Monte-Carlo ? moi ? pourquoi ?

« Si elle refuse, mon Dieu ! si elle refuse, se dit Antoine, c'est que quelqu'un la retient ici, c'est que tout est perdu pour moi... »

— Pour me faire un grand plaisir, dit-il simplement.

Minne songe à ses journées vides, à ses péchés sans saveur, à Maugis qui ne veut pas, au petit Couderc qui ne sait pas, à ceux qui viendront et qui n'ont encore ni nom ni visage...

— Quand partons-nous, Antoine ?

Il ne répond pas tout de suite, la tête levée dans l'obscurité, luttant contre les larmes, contre le besoin de bramer, de se vautrer aux pieds de Minne... Elle n'aime personne ! elle partira avec lui, avec lui tout seul ! elle partira !

— Dans cinq ou six jours. Tu seras prête ?

— C'est tout juste. Il faut s'habiller là-bas... Attends que j'allume : on n'y voit plus... Tu ne seras plus méchant, Antoine ?

Il la retient encore une minute contre lui, dans l'ombre. Un bras autour des frêles épaules de Minne, sans la trop serrer, sans l'emprisonner, il renouvelle le muet serment de lui donner le bonheur, de le lui laisser prendre où elle voudra, de le voler pour elle...

« *D*ix-neuf, rouge, impair et passe… »
— J'ai encore gagné dix francs ! s'écrie Minne, enchantée. Qu'est-ce que tu disais donc, qu'on perd toujours à Monte-Carlo ? Antoine, je vais à une autre table.

— Pourquoi ? Puisque tu gagnes à celle-ci…

— Je ne sais pas. C'est amusant de changer. Tu me retrouves sous l'horloge, dis ?

Antoine la suit des yeux, plein d'admiration pour sa robe blanche bruissante, pour sa taille mince, pour sa nuque dorée et le chapeau de crin rose qui la coiffe… « Elle s'amuse, dit-il, quel bonheur ! »

Minne, debout derrière le croupier, s'excuse poliment : « Pardon, monsieur », et pousse sa pièce sur la troisième douzaine. La bille tourne, se ralentit, trébuche :

— Rien ne va plus !

Minne considère, au-dessous d'elle, un jardin de roses et d'iris, un monstrueux chapeau qui abrite une dame invisible… « Quel chapeau ! c'est une grue, je parie… »

— Trente-six, rouge, pair et passe.

Minne gagne encore dix francs. Elle ramasse les trois pièces ; presque en même temps qu'elle, se penche un gros Allemand, qui touche aussi sa troisième douzaine… Mais une voix sèche part de dessous le jardin suspendu :

— Pardon, monsieur ! veuillez laisser cette masse.

— *Verzeihung ! diese Einlage gehört mir !*

Du tac au tac, la dame rétorque, en allemand cette fois :

— *Sie müssen nur auf ihr Spiel Acht geben. Das Goldstück gehört mir… Lassen Sie mich in Ruhe !*

L'homme, stupéfait, invoque des yeux le témoignage d'une loyale assistance, mais la loyale assistance a bien autre chose à faire… Minne n'en revient pas non plus, car la dame au chapeau, la dame qui ramasse les orphelins avec l'autorité que donne une mauvaise conscience, c'est Irène, Irène Chaulieu !

— Comment ? c'est vous, Irène ?

— Minne ! elle est bonne, celle-là ! Croyez-vous ? ce barbu qui voulait me faire *mon* louis ! Ne me parlez pas, ma chère, j'essaie ma petite combine, une martingale épatante !

Les courtes mains d'Irène tripotent des louis, empilent des pièces, pointent un carnet. Son nez de peseuse d'or s'incline sur une comptabilité crasseuse, sur un butin de pillarde. Sous le chapeau en terrasse fleurie, ses yeux, au-dessus du nez pincé et pâle, appellent l'or, l'adorent, le violentent, et ses mains d'escamoteuse dépouillent le tapis.

— N'est-ce pas qu'elle est épatante ? chuchote une voix dans l'oreille de Minne.

Avec une confusion de jeune mariée, Minne reconnaît Maugis. Tout le monde est donc à Monte-Carlo !... Elle reste interdite devant le journaliste et ne sait que dire. Il s'éponge le front, et cligne sous la lumière crue du lustre. Elle le trouve plus vieux qu'à Paris, avec des fils gris dans la moustache, un grand pli triste dans sa joue d'homme gai...

— Voulez-vous parier, dit-il, que j'entends ce que vous pensez de moi ?

— Non, dit-elle vivement, je suis très contente de vous voir.

— Madame est bien bonne. Et le noble époux ?

— Il m'attend sous l'horloge...

— C'est la première fois que vous venez à Monte-Carlo ?

— Oui... je suis toute dépaysée, c'est si curieux, ici ! Vous ne trouvez pas, monsieur Maugis, qu'on rencontre des figures intéressantes ?

— J'allais le remarquer, acquiesce Maugis, déférent.

Minne, qui n'aime pas la raillerie, remue les épaules, boudeuse.

— Il ne faut pas vous moquer de moi ! prie-t-elle.

— Me moquer de vous ? je n'y pense guère, mon enfant !

— À quoi pensez-vous, alors ?

— Je pense que vous avez, là, échappé de votre tempe, un seul cheveu d'or, presque d'argent, qui dessine un point d'interrogation en l'air, et je lui réponds « oui » à tort et à travers.

Elle rit sans entrain, et le silence tombe entre eux, gênant. Minne, lasse de rester debout, évite de regarder Maugis et ils pensent tous deux, muets, à une chambre aux rideaux de gaze jaune, où les paroles leur venaient faciles, sincères, où leur pensée s'est livrée, nue comme Minne elle-même. Ils se sont tout dit, là-bas...

Mélancoliques, ils se taisent. Ils écoutent, au fond d'eux-mêmes, la brisure musicale d'un petit fil très précieux...

— Je ne suis pas drôle, ce soir, mon enfant, hein ? Je ne vous amuse guère ?

Elle proteste d'un signe.

— Je ne suis pas gaie quand je m'amuse. Et je peux être contente sans m'amuser. Croyez — elle appuie un instant sa main gantée sur le bras de Maugis — croyez que je suis votre amie et que je n'ai pas d'autre ami que vous... Cela me coûte à dire, mais... c'est qu'on m'a si peu habituée à l'amitié !... Retournez au jeu à présent ; moi, je m'en vais.

— Vous vous en allez où ?

— Retrouver Antoine. Il m'attend sous l'horloge.

Il n'insiste pas. Il s'éloigne après un baiser sur la petite main dégantée, et Minne reste seule parmi tant d'inconnus, parmi le silence bourdonnant et studieux des salles de jeu...

Elle frissonne, en songeant à l'âpre vent qui balaie, ce soir, la Corniche... Un méchant hasard a jeté Minne et Antoine en pleine tempête sèche ; des paillettes de silex volent sous le ciel plombé, la Méditerranée est couleur d'huître grise...

Absorbée, Minne arrive, enfin, jusqu'à Antoine, qui l'a attendue sous l'horloge, et sort, à son bras, du Casino.

Le vent a balayé le ciel, où vogue une lune mauve. Les palmiers immobiles jalonnent l'avenue, les hôtels crémeux, les villas couleur de beurre rivalisent de blancheur... Mais la beauté de la nuit claire est sur tout cela, et, dans le vent qui tiédit, passe un souffle de printemps...

« Il fait presque aussi doux qu'à Paris », soupire Antoine.

Frileuse, dans la victoria attelée de deux biques osseuses et vives, Minne s'accote à l'épaule de son mari. La voiture monte, au grand trot, la route qui mène au Riviera-Palace ; soudain, sombre et pure, apparaît la mer... Un filet d'argent y danse, autour d'un long fuseau de lumière nacrée comme le ventre pâle des poissons...

— Oh ! tu vois, Antoine ?

— Je vois, chérie. Tu aimes ce pays ?

— Je ne l'aime pas, mais je le trouve beau.

— Pourquoi ne l'aimes-tu pas ?

— Je ne sais pas. Il y a la mer, que je n'ai jamais vue. À cause de cette eau sans fin, on y est loin, on y est plus seuls qu'ailleurs...

Il n'ose resserrer son étreinte autour du manteau blanc qui flotte, et se sent plus timide qu'un fiancé. Depuis le soir du verrou, il vit en frère auprès de Minne, ballotté du soupçon au remords, de la crainte à la colère, — et voici qu'il s'émerveille en pensant qu'il a été le mari de Minne, qu'il a disposé d'elle en pacha confiant, qu'il l'a possédée sans lui demander : « Me veux-tu ? »

Ces jours-là sont loin... Minne est pourtant là, contre son bras, et la poussière siliceuse, pailletée comme du givre, porte aux lèvres d'Antoine un peu du parfum de verveine citronnelle...

Ils se taisent jusqu'à la trop grande chambre d'où l'hygiène et la mode ont banni les tentures et les capitonnages. Même les vitres sans rideaux luisent, nues comme celles d'un appartement à louer, persiennes ouvertes.

Encore vêtue de son manteau, coiffée de son chapeau qui déborde de roses, Minne s'approche de la fenêtre emplie de nuit lumineuse. Les jardins de l'hôtel cachent Monte-Carlo ; il n'y a plus, au-dessus d'une haie sombre de fusains, que la lune et la mer...

Trois nuances, de gris, d'argent, de bleu plombé, suffisent à la froide splendeur du tableau, et Minne aiguise son regard pour saisir la ligne délicate, le suave et mystérieux coup de crayon qui, tout au bout de la mer, touche le ciel...

Cette nuit sans ombre, qui éveille, au cœur récalcitrant de Minne, une sensibilité inconnue, résonne de tous les bruits du jour. Une musique lointaine monte par bouffées, et sur l'escarpement de la route, claquent des fouets, grincent des roues...

Minne cherche à rassembler son âme éparpillée sur la mer, volant sous la lune ; elle remonte, angoissée, vers un foyer qui n'existe pas. Nulle part, où qu'elle s'arrête, elle ne trouve l'Amour assis, et son rêve n'a point de figure... Ah ! que tout est grand, ce soir, et sévèrement beau, et cruel à la solitude !

Glacée, Minne se retourne vers Antoine, qui fume, en pyjama. Elle est près de lui tendre ses mains tremblantes, royales petites mains dont les paumes ne savent pas mendier et qui s'offrent hautes au baiser, les doigts retombant comme des cloches de digitales blanches...

Il fume une cigarette et paraît indifférent. Mais quelque chose a mûri dans sa figure d'honnête Brésilien, quelque chose attriste le grand nez chevalin, creuse les yeux de brigand amoureux... « Il réfléchit donc ? » s'étonne Minne. Jamais elle n'a pensé autant à lui. Elle se prend à souhaiter qu'il parle et que le son de sa voix trouble enfin cette nuit aveuglante, qui entre ici à pleines vitres...

— Antoine...
— Chérie ?
— J'ai froid.
— Il faut te coucher.
— Oui... Mets la couverture de voyage sur mon lit... Comme il fait froid, ici !

— Les gens du pays disent que c'est tout à fait exceptionnel. D'ailleurs, on peut compter sur une journée magnifique, demain. Le vent tourne... tu verras le bleu de la mer... Nous monterons à La Turbie...

Il redouble de banalités, à mesure que le déshabillage de Minne la lui montre plus nue, nouvelle dans une chambre étrangère. Elle se hâte, impudique et fraternelle, court au cabinet de toilette, et ressort grelottante.

— Oh ! ce lit !... les draps sont glacés.

— Veux-tu ?...

Il allait lui proposer la chaleur de son grand corps brun et tiède et s'arrête court, comme s'il retenait une inconvenance...

— Veux-tu que je demande une boule ?

— Pas la peine ! crie Minne d'une voix étouffée sous le drap. Mais borde-moi bien... Remonte le couvre-pied... Tourne l'abat-jour de l'autre côté... Merci, Antoine... Bonsoir, Antoine...

Il s'empresse, heureux et triste à pleurer, se fait agile et silencieux autour du lit. Une gratitude de chien enfle son cœur.

— Bonsoir, Antoine... répète Minne qui tend hors du lit un pâle museau tout froid.

— Bonsoir, chérie. Tu as sommeil ?

— Non.

— Tu veux que j'éteigne ?

— Pas tout de suite. Parle-moi. Je crois que j'ai un peu de fièvre. Assieds-toi une minute. Il obéît, avec sa gaucherie tendre.

— Si tu n'es pas bien ici, Minne, nous pouvons repartir plus tôt ; je me dépêcherai...

Minne creuse de la nuque le coussin de plume, s'arrange au chaud dans ses cheveux comme une poule dans la paille.

— Je ne demande pas à partir, moi.

— Tu pourrais regretter Paris, ta maison, tes... tes habitudes, ton...

Il a détourné la tête en changeant de voix malgré lui, et Minne, à travers ses cheveux, l'épie.

— Je n'ai pas d'habitudes, Antoine.

Il fait un effort prodigieux pour se taire, mais il continue :

— Tu pourrais... aimer quelqu'un... regretter... des amis...

— Je n'ai pas d'amis, Antoine.

— Oh ! tu sais, je dis ça... Ce n'était pas pour te gronder. Je... j'ai réfléchi que, le mois dernier, j'avais été idiot... Quand on aime, n'est-ce pas ? on ne le fait pas exprès... Je ne peux pas plus t'empêcher d'aimer quelqu'un qu'empêcher la terre de tourner...

Il semble, à chaque mot, soulever des montagnes. Sa pensée, subtile et fervente, s'habille des mots les plus lourds, les plus vulgaires, et il en souffre... Ne pas pouvoir, grand Dieu, ne pas pouvoir expliquer à Minne qu'il lui fait don de sa vie, de son honneur de mari, de son dévouement complice !... Ne rien trouver qui ne la blesse ou ne la mette en défiance, cette enfant fragile qu'il vient de border dans son lit... Et que va-t-elle répondre ? Pourvu qu'elle ne pleure pas ! elle est si nerveuse, ce soir ! Il se jure, à bout de formules : « Je veux bien qu'elle me fasse cocu, mais je ne veux pas qu'elle pleure ! » Il devine sous les cheveux mêlés, l'intensité du beau regard noir...

— Je n'aime personne, Antoine.
— C'est vrai ?
— C'est vrai.

Il dévore, front baissé, une joie et une amertume égales. Elle a dit : « Je n'aime personne » mais elle n'a pas dit qu'elle aimait Antoine...

— Tu es bien gentille, tu sais... je suis content... Tu ne m'en veux plus ?
— Pourquoi est-ce que je t'en voudrais ?
— À cause, ... à cause de tout. Un moment, je voulais tout faire sauter... mais ce n'est pas parce que je t'aimais moins, au contraire ! Tu ne peux pas comprendre ça, toi...
— Pourquoi donc ?
— Ce sont des idées d'homme qui aime, dit-il simplement.

Minne tend hors du lit une amicale petite main :
— Mais je t'aime bien aussi, je t'assure.
— Oui ? questionne-t-il avec un rire forcé. Alors je voudrais que tu m'aimes assez pour me demander tout ce qui te ferait plaisir, mais tout, tu entends, même les choses qu'on ne demande pas d'ordinaire à un mari, et puis que tu viennes te plaindre, tu comprends, comme quand on est tout petit : « Un tel m'a fait quelque chose, Antoine : gronde-le, ou tue-le », ou n'importe quoi...

Elle a compris, cette fois. Elle s'assied sur son lit, ne sachant comment libérer la brusque tendresse qui voudrait s'élancer d'elle vers Antoine, comme une brillante couleuvre prisonnière... Elle est toute pâle, les yeux agrandis... Quel homme est-il donc, ce cousin Antoine ?

Des hommes l'ont désirée, l'un jusqu'à vouloir la tuer, l'autre jusqu'à, délicatement, la repousser... Mais pas un ne lui a dit : « Sois heureuse, je ne demande rien pour moi : je te donnerai des parures, des bonbons, des amants… »

Quelle récompense accordera-t-elle à ce martyr qui attend, là, en pyjama ?… Qu'il prenne au moins ce que Minne peut donner, son corps obéissant, sa douce bouche insensible, sa molle chevelure d'esclave…

— Viens dans mon lit, Antoine…

Minne dort d'un sommeil fourbu, dans l'obscurité rose. Dehors, les fouets claquent, les roues grincent comme à minuit, et sous la terrasse vibrent des mandolines italiennes. Mais la muraille du sommeil sépare Minne du monde vivant et, seul, le nasillement ailé de la musique s'insinue jusqu'à son rêve pour l'agacer d'un bourdonnement d'abeilles...

Le songe ensoleillé, bénin, se trouble, et la pensée de Minne remonte vers le réveil par élans inégaux, comme un plongeur qui quitte le fond d'un océan merveilleux. Elle respire profondément, cache sa figure au creux de son bras plié, cherche le noir et doux sommeil... Une douleur légère, bizarre, dont tout son corps retentit comme une harpe, l'éveille sans rémission.

Avant d'ouvrir les yeux, elle se sent nue dans sa chevelure ; mais l'insolite de ce détail n'importe guère : il est arrivé cette nuit quelque chose... quoi donc ? Il faut s'éveiller vite, tout à fait, pour s'en souvenir avec plus de joie : c'est cette nuit qu'un miracle acheva de créer Minne !

Elle tourne vers les rideaux un vague et animal sourire : « Le soleil ?... nous avons donc dormi ? Oui, nous avons dormi, et longtemps... Antoine est sorti... Je n'aurai jamais le courage d'aller regarder l'heure... Heureusement que nous déjeunons tard, nous deux !... » Elle redit « nous deux » avec une naïveté orgueilleuse de jeune mariée et retombe sur l'oreiller, dans ses cheveux défaits...

« Viens dans mon lit, Antoine ! » Elle lui a crié cela, cette nuit, avec une équité convaincue de prostituée qui n'a que son corps pour payer l'amour des hommes... Et le malheureux, éperdu que la récompense fût si près de la peine, s'était jeté dans les bras exaltés de Minne.

Il ne voulait que la tenir contre lui, d'abord. Il l'enlaçait du buste seulement, enivré aux larmes de la sentir si tiède et si parfumée, si menue, si flexible dans ses bras... Mais elle se rapprocha toute de lui, d'un sursaut de reins, et agrippa aux siens ses pieds lisses et froids. Faiblissant, il murmura « Non, non » en bombant le dos pour s'éloigner d'elle, mais une petite main téméraire le frôla et il fut d'un bond sur le lit, rejetant le drap...

Elle vit, comme elle l'avait vu tant de fois, noir au-dessus d'elle, faunesque et barbu, ce grand corps brun exhalant une odeur connue d'ambre et de bois brûlé... Mais, aujourd'hui, Antoine a mérité plus qu'elle ne saurait lui donner ! « Il faut qu'il m'ait bien, que cette nuit le comble, il faut que j'imite, pour lui donner la joie complète, le soupir et le cri de son propre plaisir... Je ferai « Ah ! Ah ! » comme Irène Chaulieu, en tâchant de penser à autre chose... »

Elle glissa hors de la chemise longue, tendit aux mains et aux lèvres d'Antoine les fruits tendres de sa gorge et renversa sur l'oreiller, passive, un pur sourire de sainte qui défie les démons et les tourmenteurs...

Il la ménageait pourtant, l'ébranlait à peine d'un rythme doux, lent, profond... Elle entrouvrit les yeux : ceux d'Antoine, encore maître de lui, semblaient chercher Minne au-delà d'elle-même... Elle se rappela les leçons d'Irène Chaulieu, soupira « Ah ! Ah ! » comme une pensionnaire qui s'évanouit, puis se tut, honteuse. Absorbé, les sourcils noueux dans un dur et voluptueux masque de Pan, Antoine prolongeait sa joie silencieuse... « Ah ! Ah !... » dit-elle encore malgré elle... Car une angoisse progressive, presque intolérable, serrait sa gorge, pareille à l'étouffement des sanglots près de jaillir...

Une troisième fois, elle gémit, et Antoine s'arrêta, troublé d'entendre la voix de cette Minne qui n'avait jamais crié... L'immobilité, la retraite d'Antoine ne guérirent pas Minne, qui maintenant trépidait, les orteils courbés, et qui tournait la tête de droite à gauche, de gauche à droite, comme une enfant atteinte de méningite. Elle serra les poings, et Antoine put voir les muscles de ses mâchoires délicates saillir, contractés.

Il demeurait craintif, soulevé sur ses poignets, n'osant la reprendre... Elle gronda sourdement, ouvrit des yeux sauvages et cria :
— Va donc !

Un court saisissement le figea, au-dessus d'elle ; puis il l'envahit avec une force sournoise, une curiosité aiguë, meilleure que son propre plaisir. Il déploya une activité lucide, tandis qu'elle tordait des reins de sirène, les yeux refermés, les joues pâles et les oreilles pourpres... Tantôt elle joignait les mains, les rapprochait de sa bouche crispée, et semblait en proie à un enfantin désespoir... Tantôt elle haletait, bouche ouverte, enfonçant aux bras d'Antoine ses ongles véhéments... L'un de ses pieds, pendant hors du lit, se leva, brusque, et se posa une seconde sur la cuisse brune d'Antoine qui tressaillit de délice...

Enfin elle tourna vers lui des yeux inconnus et chantonna : « Ta Mine... ta Minne... à toi... » tandis qu'il sentait enfin, contre lui, la houle d'un corps heureux...

Minne, assise au milieu de son lit foulé, écoute au fond d'elle-même le tumulte d'un sang joyeux. Elle n'envie plus rien, ne regrette plus rien. La vie vient au-devant d'elle, facile, sensuelle, banale comme une belle fille. Antoine a fait ce miracle. Minne guette le pas de son mari, et s'étire. Elle sourit dans l'ombre, avec un peu de mépris pour la Minne d'hier, cette sèche enfant quêteuse d'impossible. Il n'y a plus d'impossible, il n'y a plus rien à quêter, il n'y a qu'à fleurir, qu'à devenir rose et heureuse et toute nourrie de la vanité d'être une femme comme les autres... Antoine va revenir. Il faut se lever, courir vers le soleil qui perce les rideaux, demander le chocolat fumant et velouté... La journée passera oisive, Minne ne pensera à rien, pendue au bras d'Antoine, à rien..., qu'à recommencer des nuits et des jours pareils... Antoine est grand, Antoine est admirable...

La porte s'ouvre, un flot de lumière blonde inonde la chambre.

— Antoine !

— Minne chérie !

Ils s'étreignent, lui frais de vent et d'air libre, elle toute moite, odorante de sa nuit amoureuse...

— Chérie, il fait un soleil ! C'est l'été, lève-toi vite !

Elle bondit sur le tapis, court aux persiennes et recule, aveuglée...

— Oh ! c'est tout bleu !

La mer se repose, sans un pli à sa robe de velours, où le soleil fond en plaque d'argent. Minne, éblouie et nue, suit dans une hébétude ravie le balancement, contre la vitre, d'une branche de pélargonium rose... Elle a poussé pendant la nuit, cette fleur ? et les roses au nez roussi, Minne ne les avait pas vues hier...

— Minne ! j'en ai des nouvelles !

Elle quitte la fenêtre et contemple son mari. Le miracle aussi l'a touché, lui dispensant, croit-elle, une nouvelle et mâle assurance...

— Minne, si tu savais ! Maugis m'a raconté une histoire impossible : Irène Chaulieu s'empoignant avec un Anglais, à cause d'une affaire de louis étouffés, tout un petit scandale... Tant et si bien qu'elle a dû reprendre le train pour Paris !

Minne s'enveloppe d'un lâche peignoir et sourit à Antoine qu'elle admire, si grand, si brun, la barbe assyrienne, le nez aventureux comme Henri IV...

— Et puis voilà les journaux de Paris... Ça, c'est moins drôle... Tu sais bien, le petit Couderc ?

Ah ! oui, le petit Couderc, elle sait bien… Pauvre petit… Elle le plaint de loin, de haut, avec une mémoire redevenue indulgente…

— Le petit Couderc ? qu'est-ce qu'il a fait ?

— On l'a trouvé chez lui, avec une balle dans le poumon. Il avait voulu nettoyer son revolver.

— Il est mort ?

— Dieu merci, non ! on l'en tirera. Mais quel drôle d'accident, tout de même !

— Pauvre petit ! dit-elle tout haut…

— Oui, c'est malheureux…

« Oui, c'est malheureux, songe Minne… Il vivra, il redeviendra un petit noceur gai — il vivra, guéri, amputé du bel amour sauvage dont il eût dû mourir. C'est maintenant que je le plains… »

— Il l'a échappé belle, ce gosse, hein, Minne ? Est-ce qu'il ne te faisait pas la cour, ces derniers temps ? Allons, dis-le ! un tout petit peu ?…

Minne, demi-nue, frotte sa tête décoiffée à la manche d'Antoine, d'un geste amoureux de bête domestiquée. Elle bâille, lève vers son mari la flatteuse meurtrissure de ses yeux d'où s'est enfui le mystère :

— Peut-être bien… J'ai oublié, mon chéri.

Colette

ISBN E-BOOK : 9782384554812
ISBN BROCHÉ : 9782384554829
ISBN RELIÉ : 9782384554836

ISBN E-BOOK : 9782384554843
ISBN BROCHÉ : 9782384554850
ISBN RELIÉ : 9782384554867

ISBN E-BOOK : 9782384554904
ISBN BROCHÉ : 9782384554911
ISBN RELIÉ : 9782384554928

ISBN E-BOOK : 9782384554935
ISBN BROCHÉ : 9782384554942
ISBN RELIÉ : 9782384554959

COLLECTION CLAUDINE

~

Copyright © 2025 by Alicia ÉDITIONS

Credits : www.canva.com ; Alicia Éditions

Photographie de Colette 1910, anonyme, https://commons.wikimedia.org/wiki/File:Colette_-_photographie.jpg

Signature de Colette, https://commons.wikimedia.org/wiki/Category:Colette#/media/File:Colette_Signatur_1929.jpg

ISBN E-BOOK : 9782384554997

ISBN BROCHÉ : 9782384555000

ISBN RELIÈ : 9782384555017

Tous droits réservés.

Aucune partie de ce livre ne peut être reproduite sous quelque forme ou par quelque moyen électronique ou mécanique que ce soit, y compris les systèmes de stockage et de récupération de l'information, sans l'autorisation écrite de l'auteur, à l'exception de l'utilisation de brèves citations dans une critique de livre.

www.ingramcontent.com/pod-product-compliance
Lightning Source LLC
LaVergne TN
LVHW032011070526
838202LV00059B/6393